U0075549

外国人のための日本語 例文・問題シリーズ10

敬　　　語

平林周祐
浜由美子
共著

荒竹出版

監修者の言葉

このシリーズは、日本国内はもとより、欧米、アジア、オーストラリアなどで、長年、日本語教育にたずさわってきた教師三十七名が、言語理論をどのように教育の現場に活かすかという観点から、アイデアを持ち寄ってできたものです。私達は、日本語を教えている現職の先生方に使っていただくだけでなく、同時に、中・上級レベルの学生の復習用にも使えるものを作るように努力しました。

このシリーズの主な目的は、「例文・問題シリーズ」という副題からも明らかなように、学生には、今まで習得した日本語の総復習と自己診断のためのお手本を、教師の方々には、教室で即戦力となる例文と問題を提供することにあります。既存の言語理論および日本語文法に関する諸学者の識見を無視せず、むしろ、それを現場へ応用するという姿勢を忘れなかったという点で、ある意味で、これは教則本的実用文法シリーズと言えるかと思います。

従来、文部省で認められてきた十品詞論は、古典文法論ではともかく、現代日本語の分析には不充分であることは、日本語教師なら、だれでも知っています。そこで、このシリーズでは、品詞を自立語では、動詞、イ形容詞、ナ形容詞、名詞、副詞、接続詞、数詞、間投詞、コ・ソ・ア・ド指示詞の九品詞、付属語では、接頭辞、接尾辞、(ダ・デス、マス指示詞を含む)助動詞、形式名詞、助詞、助数詞の六品詞の、全部で十五に分類しました。さらに細かい各品詞の意味論的・統語論的な分類については、各巻の執筆者の判断にまかせました。

また、活用の形についても、未然・連用・終止・連体・仮定・命令の六形でなく、動詞、形容詞とともに、十一形の体系を採用しました。そのため、動詞は活用形によって、u動詞、ru動詞、行く動詞、来る動詞、する動詞、の五種類に分けられることになります。活用形への考慮が必要な巻では、巻頭に活用の形式を詳述してあります。

シリーズ全体にわたって、例文に使う漢字は常用漢字の範囲内にとどめるよう努めました。項目によっては、適宜、外国語で説明を加えた場合もありますが、説明はできるだけ日本語でするように心がけました。

教室で使っていただく際の便宜を考えて、解答は別冊にしました。また、この種の文法シリーズでは、各巻とも内容に重複は避けられない問題ですから、読者の便宜を考慮し、永田高志氏にお願いして、別巻として総索引を加えました。

私達の職歴は、青山学院、獨協、学習院、恵泉女学園、上智、慶應、ICU、名古屋、南山、早稲田、国立国語研究所、国際学友会日本語学校、日米会話学院、アイオワ大、朝日カルチャーセンター、アリゾナ大、イリノイ大、メリーランド大、ミシガン大、ミドルベリー大、ペンシルベニア大、スタンフォード大、ワシントン大、ウィスコンシン大、アメリカ・カナダ十一大学連合日本研究センター、オーストラリア国立大、と多様ですが、日本語教師としての連帯感と、日本語を勉強する諸外国の学生の役に立ちたいという使命感から、このプロジェクトを通じて協力してきました。

国内だけでなく、海外在住の著者の方々とも連絡をとる必要から、名柄が「まとめ役」をいたしましたが、たわむれに、私達全員の「外国語としての日本語」歴を合計したところ、580年以上にも及びました。この600年近くの経験が、このシリーズを使っていただく皆様に、いたずらな「馬齢の積み重ね」に感じられないだけの業績になっていればというのが、私達一同の願いです。
このシリーズをお使いいただいて、Two heads are better than one.（三人寄れば文殊の知恵）とお感じになるか、それとも、Too many cooks spoil the broth.（船頭多くして船山に登る）とお感じになったか、率直な御意見をお聞かせいただければと願っています。

この出版を通じて、荒竹三郎先生並びに、荒竹出版編集部の松原正明氏に大変お世話になりましたことを、特筆して感謝したいと思います。

一九八七年 秋

ミシガン大学名誉教授
上智大学比較文化学部教授 名柄 迪

はしがき

この本は中級から上級程度の日本語学習者を対象にした、敬語の学習書です。学生がこれまでに学んできた敬語の復習や整理、また敬語を実際に自分のものとして、使えるようになることを目的にしています。巻頭には解説がつけてあり、各々の項目には例文、及び練習問題があります。

本書では、使用頻度の少ないものや、特殊なものを除き、大体において標準的と思われる敬語の使い方、及び日常生活で普通と思われる丁寧度を扱っています。外国人の学習者を対象としているので、あまりに複雑な人間関係を考慮しなければならないものは省きました。また、アナウンス、広告などに見られる漢語の多い商業敬語は、語彙自体が問題であることが多く、紙面の関係上あまり触れていません。

不備な点が多々あると思います。諸先輩の今後のご指導をいただくとともに、足りない点を補ってご使用くださいますようにお願い申し上げます。

一九八八年一月

平林周祐
浜由美子

目次

本書の使い方

学習者の方へ

本書の項目別の分類の仕方は、丁寧語、尊敬語、謙譲語、総合問題の順で、徐々に敬語が全体として理解できるようになっています。

各項目の構成は、例文、その練習問題からなっています。それに対応する解説が第一章として最初につけてあります。例文の番号と練習問題の番号は対応しています。例えば、例文〔一〕Aの練習は、練習問題〔一〕のAでします。そして例文の下の数字は参照すべき解説の番号を指しています。独習用としても使えるように、なるべくやさしく丁寧に解説をつけたつもりです。例文、練習問題の順に進み、わからない箇所だけ解説を参照してもいいですし、まず解説で復習してから、例文、練習問題へと、進んでもいいです。

学習者のみなさんが敬語を学ぶことにより、敬語に親しみを持ち自然に使えるようになればと願っています。

現場の先生へ

本書の練習は丁寧語、尊敬語、謙譲語の順に配列してあります。しかし、丁寧語のところでも、尊敬語、謙譲語も含まれておりますので、工夫してお使いいただけたらとおもいます。解答は、紙面の関係上、通常模範例として一例しか出してありませんのでよろしくご指導願います。

㈲　本書では「目上の人」ということばを、練習問題や解説で「敬語を使用すべき相手の総称」として使用しています。

第一章　敬語の使い方

一　はじめに

〔一〕敬語について

敬語というのは、話し手と聞き手、および話題の人物との間のさまざまな関係にもとづいてことばを使い分け、その人間関係を明らかにする表現形式のことである。敬語は普通、尊敬語、謙譲語、丁寧語の三つに分けられる。尊敬語というのは、聞き手や話題の人物を高めて話し手の敬意を直接表すことばづかいであり、謙譲語というのは、話し手側を低めることにより、間接的に聞き手や話題の人物を高めることばづかいである。これに対して、丁寧語はものの言い方を丁寧にすることにより、聞き手に敬意を表す言い方である。また、丁寧語には聞き手に対する配慮を示すというよりは、話し手自身のことばづかいを上品にする使い方もあり、これを美化語ということもある。これも自分のことばの品位を高めることにより、間接的に相手方に敬意を示そうとするものとも言える。

本書ではいちおう前記の三分類をとることにする。ただし、尊敬語や謙譲語でも、用語（特に名詞）自体が変わるもの、オ、ゴだけ語に付け加えるものは、便宜上、丁寧語の章で扱っている。

敬語のように、聞き手や話題の人物と話し手との間のいろいろな関係を考えて、使い分けられたことばづかいを広い意味では待遇表現という。待遇表現には、敬語のように敬意を表す表現形式のほかに、相手を軽く見たり卑しめたりする軽卑語や、話し手自身を高めて言う尊大語、親しみを表す親愛語などがあるが、この問題集では扱わない。

敬語は社会構造の変化にともない、その使用法にも変化が見られるが、形の上からみれば、敬語動詞のように用語を変えるものや、「お(ご)~になる／する」などのように、語の構成要素の前後に部分的に付け加えるものがある。この形式自体は覚えてしまえば決して難しいものではない。しかし、敬語の学習が難しいといわれるのは、文法形式によるのではなく、複雑な人間関係を考えた上で一つの適切な表現形式を選ばなければならないからである。また、人間関係が極めて複雑になってしまった今の社会で、どういう場合に、どの相手に、どのくらいの敬度を持った敬語を使えばいいか、また敬語をどの程度に使用すればいいか、どうすれば文の調和が保てるか、などといった問題は日本人にも難しい。しかし、敬語というのは少なくとも現在の日常生活では人間関係をスムーズにするために、欠くことのできないものである。

〔二〕 敬語を使う状況

A 使う相手

敬語は親しくない人（よく知らない人、自分のグループに属さない人）や、目上の人・尊敬すべき人（地位、身分、年齢が上の人）を相手として、その人達や話者自身などについて話すときに使う。ただし、普通には尊敬すべき人と考えられる場合でも、親しい相手であれば敬語を使わないこともある。

B　使う場

敬語は改まった場（会議、学会、発表会、スピーチ、手紙など）で使用する。その場では親しい人にも敬語を使う。親しい人同士で話す場合には、目上の人がその場にいれば改まってその人に対して敬語を使い、目上の人がいなければその人を話題としても使わないことがよくある。（★一章二〔一〕のBの(2)の例文参照）

C　「内」と「外」の関係

「内」の人間（家族、自分の会社の人、自分の属するグループの人など）が、「外」の人間（親しくない人、他人、他会社の人、他グループの人など）と話し合ったり、その人達を話題にするとき、自分を含む「内」の人間に対しては謙譲語、「外」の人間に対しては尊敬語を使う。したがって、尊敬語が使われているか、謙譲語が使われているかにより、行為者が明示されていなくても、人間関係が明らかになる。詳しくは一章三、四、五で述べる。

〔三〕敬語の持つ効果

1　尊敬の効果

目上の人、身分や地位や年齢が上の人、先生などに対する尊敬の気持ちを表す。

2　社交上の礼儀として改まった効果

会議、目上の人が同席しているような改まった場での話、女性同士の会話に多く見られる。

3　相手と距離を置く効果

相手に対して「まだあまり親しくないのだ」「他人なのだ」という意識を表す。このような人に対しては、最初は敬語を使っていても、親しくなったら普通体（ダなどで終わる形）で話すようになっていく。

4　話し手に品格・威厳を与える効果

敬語を自由に駆使できるということにより話し手に品格がそなわる。したがって敬語が教育レベルや社会的な階層の高さを表すことも多く、このような効果のため敬語を多用する女性もいる。

5　皮肉・からかい・ふざけの効果

親しい者同士の会話で、一方が急に敬意の高い表現を使ったりする際に見られる。

(1)　妻「なぜわたくしにそのようなことをおっしゃるのですか。ご説明なさっていただけませんか。」

　　夫「何だよ。急に改まって。」

(2)　春子嬢は毎晩のようにワインを聞こし召しているそうだ。

【注】(1)は怒っている時などに、相手と距離を置く気持ちをこめて皮肉に言う。(2)の「聞こし召す」は「飲食する」の尊敬語。酒類を飲むことをふざけて言っている。

〔四〕非言語的手段による敬意の表現

敬意の表現には言語的な手段によるものと、非言語的手段によるものがある。いくらことばが丁寧でも、気持ちがこもっていなければ、敬語を使う意味はない。態度、しぐさ（ジェスチャー）、表情、ものの言い方、声の高さ・大きさ、話の速さなどにも注意して、敬意を表すようにする。

二　丁寧語

〔一〕丁寧体と普通体

A　丁寧体（デス・マスの形）

丁寧体というのは、聞き手に対する敬意を表す形である。したがって、親しくない人や「外」の人と話すときに使う。また丁寧体を尊敬語や謙譲語といっしょに使うことにより、さらに敬意を高めることもできる。

(1)　男「すみませんが、駅はどこでしょうか。」
　　女「ここをまっすぐ百メートルぐらい行ってください。そうすると、右側にあります。」

B　普通体（ダの形）

普通体というのは、親しい人（家族や友人など）と話すとき使う。

(1)　子供「ねえ、お母さん、お父さんは何時ごろ帰るの。」
　　母親「そうね、今晩は十時ごろになると思うわ。」

(2)　一郎「先生、帰った？」
　　春夫「うん、とっくに帰った。」

(3)　花子「もう、召し上がった？」

春子「ええ、いただいたわ。」

【注】

1 (1)は家庭内での普通体である。以前（特に戦前）は親に対して子供は敬語を使う場合が多かったが、現在では普通体で話すことのほうが多い。夫婦間では妻が夫に敬語を使っている場合もあるが、普通体を使用している夫婦（特に若い人）も多い。

(2)は尊敬すべき先生がその場にいないので、普通体を使っている。

(3)は動詞は敬語の形であるが、普通体を使用している。女性によく見られる形で、聞き手にとっては親しみのある丁寧な感じがする。

2 連体修飾の形（私が見た映画、寒くなったとき）などは普通体を使用する。「したがって」「ついては」など副詞的な句の場合も、普通体を使用したほうがすっきりとした表現となる。

〔二〕丁寧に話すときに語や表現が変わるもの

A 動詞以外の言葉

1 指示語（これ、それなど）、副詞、名詞、挨拶表現など

普通の言葉	改まった言葉
こっち	こちら
そっち	そちら
あっち	あちら
どっち	どちら
どこ	どちら
今日	本日
あした	明日
次の日	翌日

普通の言葉	改まった言葉
今度	このたび、このほど、今回
あとで	後ほど
さっき	さきほど
これから	今後、これより
すごく、とても	たいへん、非常に
ちょっと、少し	少々
早く	早めに

普通の言葉	改まった言葉
次の次の日	翌々日
あさって	明後日(みょうごにち)
きのう	昨日
おととい	一昨日
去年	昨年
おととし	一昨年
ゆうべ	昨夜
けさ	今朝(こんちょう)、けさほど
あしたの朝	明朝
きょうの夜	今夜
今	ただいま
このあいだ	先日
(十分)ぐらい	(十分)ほど
本当に	まことに
すぐ	早速(さっそく)、早急(そうきゅう)に
とても〜ない	とうてい〜ない
どう	いかが
いくら	いかほど、おいくら
いい	よろしい
	けっこう
冷たい水	お冷や
すみません	申し訳ありません、
	恐(おそ)れ入(い)ります
さようなら	失礼します／いたします
ありがとう	ありがとうございます

【注】　改まった言葉は漢語であることが多い。したがって書き言葉においてや、男性によって、硬い表現としても使われている。

丁寧(ていねい)ではない男性言葉	普通(ふつう)の言葉
うまい	上手(じょうず)、おいしい
はら	おなか
ぼく、おれ	わたし
女房(にょうぼう)	家内

丁寧(ていねい)ではない男性言葉	普通(ふつう)の言葉
まずい	よくない
めし	ごはん
おまえ	あなた

2 人称代名詞（わたし、あなた）など人の呼び方

普通の言葉	丁寧な言葉
わたし［あたし、ぼく、おれ］	わたくし
わたしたち	わたくしども
あなた［きみ、おまえ］	あなた（さま）、おたく（さま）
この人	この方、こちらの方
この人達	この方々、こちらの方々
先生達	先生方

【注】

1 二人称（あなた、おたく）、三人称（彼、彼女、彼ら）は目上の人には使わない。やむをえず、「あなた」など使うことがあるが、できるだけ、その人の氏名、役職で呼びかけるようにする。女性が上司に呼びかける時には役職に「さん」をつけることが多いが、つけなくても敬意は表されている。

2 「かた」は尊敬語なので、「内」のものを指す時には使えない。

B 動詞

丁寧でない言葉	普通の言葉	丁寧な言葉
	いく、くる	まいる
	いる	おる
	いう	もうす
	死ぬ	亡くなる、逝く

	寝る	休む
	買う	求める
	ある	ございます
	～です	～(で)ございます
やる	する	いたす
食う	食べる	いただく
やる	あげる	

語	語尾	語尾変化	「ございます」の形
美しい	-ii	-uu	うつくしゅうございます
若い	-ai	-oo	わこうございます
よい	-oi	-oo	ようございます
悪い	-ui	-uu	わるうございます

【注】

「ござる」の使い方

a 「ござる」と形容詞

「ござる」をイ形容詞といっしょに使うときには、形容詞の形も変わる。またオが形容詞の前につくこともある。この形式は非常に改まった場合とか年配の女性、サービス業の人達を除いてだんだん使われなくなってきている。

b 「ござる」と尊敬語

「ござる」は丁寧語で、尊敬語ではない。したがって、敬意を表す相手のことが話題のときには、「～です」は尊敬語の「でいらっしゃる」という形になり、「ある」は「おありです」、または「おありになる」という形になる。ただし、「ある」に関しては「ございます」ですましていることも多い。形容詞＋「です」の尊敬語は「〜くていらっしゃる」になる。

(1) あの方は田中さんでいらっしゃいます。
(2) 川井さんはお子さんが三人おありです。
(3) お忙(いそが)しくていらっしゃいますか。

〔三〕「内」のものと「外」のもので言い方が異なるもの（謙譲(けんじょう)語と尊敬語としての使い方）

「内」のもの（謙譲(けんじょう)語）	「外」のもの（尊敬語）
家族	ご家族
父、おやじ	お父さん／さま
母、おふくろ	お母さん／さま
夫、たく	ご主人（さま）
妻、家内、女房(にょうぼう)	奥(おく)さん／さま
祖父	おじいさん／さま
祖母	おばあさん／さま
子供	お子さん
息子(むすこ)	（お）ぼっちゃん／ちゃま 息子(むすこ)さん、ご子息
娘(むすめ)	お嬢(じょう)さん、娘さん
兄弟	ご兄弟
兄	お兄さん／さま

「内」のもの（謙譲(けんじょう)語）	「外」のもの（尊敬語）
おば	おばさん／さま
いとこ	おいとこさん
孫	お孫さん
うちのもの	おうちの方、おたくの方
この人	この方、こちらの方
みんな	皆様(みなさま)
会社のもの	会社の方
山下	山下さん／さま
社長の田中	田中社長（さん）
教師	先生
医者	お医者さん／さま
警官	おまわりさん
名前	（ご）芳名(ほうめい)

姉	お姉さん／さま
弟	弟さん
妹	妹さん
親類	ご親類
おじ	おじさん／さま
拙宅	お宅
拙著	高著
弊社	貴社
粗茶	
粗餐	

【注】

家庭内でお互いに呼び合うときには、自分より年上の人には「外」のものに使う言葉を使用し、自分より年下の人にはその名前を使う。

(1)　母　「一郎(ちゃん)、きょう学校へ行ってきた?」

一郎　「うん、お母さん行ってきたよ。ところで、お兄ちゃん、ぼくの本買ってきてくれた?」

兄　「あっ、一郎、ごめん。忘れちゃったよ。」

〔四〕　名詞や形容詞にオやゴをつける言い方（丁寧語、尊敬語、謙譲語としての使い方）

A　オ・ゴの使い方

1　オ・ゴをとるとその語の意味がなくなったり、変わったりする。

おかず、おにぎり、おなか、おかげ、おやじ、おまけ、ごはん

2　聞き手や目上の人・敬意を表すべき人の行為や物、状態について使う。（尊敬語としての使い方）

お帰り、お考え、お話、お仕事、お便り、お時間、お若い、お美しい、ご家族、ご意見、

ご研究、ご病気

(1) お疲れでしょうから、ごゆっくりお休みください。

3 自分または「内」の人の行為や物などが、聞き手や目上の人・敬意を表すべき人にかかわりがあるときに使う。（謙譲語としての使い方）

お電話、お礼、お願い、お祝い、ご報告、ご案内

(1) 今晩にでも、先生にお電話をしてご報告いたすつもりです。

4 使う必要はないが、丁寧語、美化語として使う。（女性によって使われることが多い）

お花、お酒、お金、お野菜、お勉強、お安い、お寒い

【注】オやゴが一文中に多すぎる文はよくない。なるべく動詞を丁寧にする。

(1) 先生はお忙しくて、お休みになるお時間もないそうです。（不自然に丁寧な文）

(2) 先生はお忙しくて、お休みになる時間もないそうです。（より自然な文）

B オがつく語、ゴがつく語

1 和語（もともとの日本の言葉）には普通オをつける。

お所、お心づかい、お考え、お招き、お知らせ、お勤め、お尋ね、お望み、お着き、
お力添え、お許し、お答え、お湯、お鍋、お皿、お箸、お忙しい、お暑い、お高い

【注】和語でもゴがつくものが少しある。

ごひいき、ごゆっくり

2　漢語（漢字の音で読む語）には普通ゴをつける。

ご住所、ご配慮、ご意見、ご招待、ご通知、ご勤務、ご職業、ご質問、ご希望、ご到着、ご協力、ご許可、ご回答、ご利用、ご着席、ご都合

3　漢語でも漢語的意識のうすくなったものにはオをつける。

お宅、お茶、お盆、お肉

4　日常生活でよく使われる言葉は、漢語でもオをつけることが多い。

お料理、お弁当、お菓子、お食事、お洋服、お蒲団、お電話、お時間、お風呂、お世話、お勉強

【注】「ご返事」、「お返事」などのように、両方使われているものもある。

5　外来語には原則としてつけないが、つける場合にはオをつける。（美化語としてのみ）

おソース、おビール、おズボン

C　オ・ゴがつかない語

1　原則として外来語にはつかない。

2　長い言葉にはつかない。

（×）　おこうもり傘、おじゃがいも、おほうれんそう

3　オで始まる語にはつかない。

4　自然現象、公共物にはつかない。

（×）　お雨、お雪、お／ご学校、お／ご駅、お／ご会社

5　品の悪い言葉や軽蔑を表す言葉にはつかない。
（×）おまぬけ、おぐず

三　尊敬語、謙譲語

〔一〕尊敬語を使う場合、謙譲語を使う場合

A　尊敬語

尊敬語というのは、目上の人・敬意を表すべき人（親しくない人、「外」の人、尊敬すべき人）が聞き手だったり話題の人であるとき、その人の所有、所属のもの、また、その人の行為や性質・状態に関して、それを高めて敬意を表すことばである。使い方としては次の四つがある。

1　相手方を指す言い方（★一章二の〔三〕参照）
　お母さん、こちらの方
2　相手方の所有、所属するものを指す言い方（★一章二の〔四〕のA2参照）
　お宅、お考え、ご両親
3　相手方の行動・存在を表す言い方（★一章四参照）
　いらっしゃる、なさる
4　相手方の性質・状態を表す言い方（★一章二の〔四〕のA2参照）
　ご立派、おきれい

B　謙譲語

謙譲表現には二種類ある。

1 謙譲語1、謙譲語2

a 謙譲語1

話者や「内」の人が話題のとき、その人を低めることによって聞き手に敬意を表す丁寧語に近いものである。「いたす」、「まいる」、「おる」など、一章三の〔二〕の敬語動詞リストの（目上）という表示のない謙譲語がこれにあたる。

b 謙譲語2

自分方の人（話者や「内」の人）の行為などが、敬意を表すべき相手方（親しくない人、「外」の人、尊敬すべき人）にかかわりがあったり、影響を及ぼす際に、自分方を低めることにより相手方を高めるものである。したがって、相手に関係のない自分方の行為や所有には、この謙譲表現は使えない。一章三の〔二〕の敬語動詞リストの（目上）という表示のある謙譲語、一章五の〔二〕の表現がこれにあたる。

(1) 先生の論文を拝見しました。

cf. わたしもその映画を見ました。

2 使い方としては、次の三つがある。

a 自分方を指す言い方（★一章二の〔三〕参照）

わたくし、わたくしども、母

b 自分方の所属・所有するものを指す言い方（★一章二の〔三〕参照）

拙宅、粗茶、弊社

c　自分方の言動を表す言い方（★一章五参照）

いたす、申し上げる

〔二〕敬語動詞（語そのものが変化する動詞）

敬度が高い表現で、尊敬語、謙譲語の両形がある。この形式があるものは、後述の他の形式よりも、この形を使うほうが望ましい。謙譲語に関し、（目上に）などと書いてあるのは、謙譲語2の使い方である。「目上」ということばを、ここでは便宜上尊敬語、謙譲語を使うべき相手の総称として使用している。

普通語	尊敬語	謙譲語
する	なさる	いたす
来る	いらっしゃる おいでになる 見える、お見えになる、 お越しになる	まいる、（目上の所へ）伺う／上がる
行く	いらっしゃる おいでになる	まいる、（目上の所へ）伺う／上がる
~てくる、~ていく	~ていらっしゃる	~てまいる（目上の所へ）~て上がる
持ってくる／いく	持っていらっしゃる	持ってまいる、（目上の所へ）持って上がる／ 持参する

いる	いらっしゃる おいでになる	おる
～ている	～ていらっしゃる	～ておる
訪ねる、訪問する		（目上の所へ）伺う／上がる
言う	おっしゃる	申す、（目上に）申し上げる
思う		存じる
知っている、知る	ご存じです	存じている／おる、存じる （目上を）存じ上げている／おる
食べる、飲む	あがる、召し上がる	いただく
着る	召す、お召しになる	
風邪を引く	（お）風邪を召す	
年を取る	お年を召す	
気にいる	お気に召す	
聞く	（～が）お耳に入る	（目上の話を）伺う／承る／拝聴する
会う		（目上に）お目にかかる
見せる		（目上に）お目にかける／ご覧に入れる
見る	ご覧になる	（目上の物を）拝見する

普通語	尊敬語	謙譲語
～てみる	～てごらんになる	
借りる		（目上の物を）拝借する
上げる		（目上に）差し上げる
～てあげる		（目上に）～て差し上げる
もらう		（目上から）いただく／ちょうだいする／賜る（敬度が高い）
～てもらう		（目上に）～ていただく
くれる	下さる	
～てくれる	～てくださる	
（分かる、引き受ける）		承知する、かしこまる

【注】「なさる」「いらっしゃる」「おっしゃる」「くださる」の丁寧な現在形は「～います」になる。したがって、「なさいます」「いらっしゃいます」「おっしゃいます」「くださいます」となる。

四 尊敬語の形式

〔一〕敬語動詞を使う場合（★一章三の〔二〕参照）

〔二〕動詞の連用形、名詞にオ・ゴをつけ、規則的に変える場合

1　お(ご)～になる

動詞の連用形と共に使う尊敬の形は、ほとんどの動詞に使える。ただし、動詞の連用形が一音節のものには、この形は使いにくい。「お見になる」などとは言わない。

2　お(ご)～なさる

1より少し古い形である。

3　お(ご)～です

普通(ふつう)現在の状態や、すぐ起こりそうな状態を表しており、「～ている」と書きかえられるものが多い。この形が名詞を修飾(しゅうしょく)すると、「お(ご)～の＋名詞」の形になる。

待っている → お待ちです

待っている方 → お待ちの方

4　お(ご)～くださる／ください

「～てくれる」「～てください」に書きかえられるものである。

書いてくれる → お書きくださる

書いてください → お書きください

〔三〕 レル・ラレル（受身形と同じ動詞）の形を使う場合

敬度は〔一〕、〔二〕より低いが、規則的で現在広く使われている。特に、男性の話、および、新聞、論文、公用文などの書き言葉に使用されている。しかし、受身や可能の形とまぎらわしいという欠点がある。したがって、誤解（ごかい）されるような使い方は避（さ）けたほうがいい。また「わかる」「できる」などのように、可能の意味が元来ある動詞、可能動詞には使えない。

【注】
1 謙譲語（けんじょうご）をこの形式にしても尊敬語にはならない。しかし「～ている」に関しては「～ておられる」が一般に受け入れられている形式である。
2 複合動詞の際は後ろを変える。
(1) 先生は先日新しい本を書き終えられた。

〔四〕 尊敬表現に関する注意事項（じこう）

1 複合動詞の場合は普通（ふつう）後ろの動詞を尊敬語にする。動詞が二、三続く場合は文末動詞を変えるだけでも敬意が表される。
(1) 先生はさきほど帰っていらっしゃいました。
(2) 先生は毎朝六時に起きて、散歩なさいます。

2 一つの動詞に対して二重に敬語を使うのは、いい形とは言えない。二重敬語はなるべく避（さ）けたほうがいい。ただし、「あがる」「召（め）す」「見える」など敬度が低いと考えられるものと「お～になる」はいっしょに使える。

(1) これは社長がタイでお求めになられた物です。（不自然に丁寧な文）
(2) これは社長がタイでお求めになった物です。（自然な文）
(3) お医者さまがお見えになりました。（自然な文）

3　「ごらんなさい」「いらっしゃい」など敬語動詞を使っているが、目下の人への命令文である。
親近感を表すことはあるが、尊敬の意味はない。
(1) おいしいから、食べてごらんなさい。
(2) そんなにいやなら、おやめなさい。

4　主体が物やペットなど（目上の人の物でも）の時は、尊敬語を使わない。
(1) 社長の家には犬が三匹います。

5　「いらっしゃる？」「なさる？」など女性が敬語動詞を普通体で使うことがあるが、これは
美化語的に使われているので、尊敬の意味はない。
(1) 来週の音楽会どうなさる？　いらっしゃる？

五　謙譲語の形式

〔一〕 敬語動詞を使う場合（★一章三の〔二〕参照）

謙譲語1（自分方の行為に対して）
(1) わたくしは明日出張で大阪へまいります。

謙譲語２（自分方の行為が「目上の人」にかかわりがあるとき）

(1) わたくしは先生の本を拝借しました。

〔二〕動詞の連用形や名詞にオ・ゴをつけ、規則的に変える場合（謙譲語２）

1 お(ご)～する／いたす

動詞の場合にはこの形式が一般に使われている形である。

2 お(ご)～申し上げる

1より敬度が高い。

3 お(ご)～いただく

相手から恩恵を受ける場合に使われる。

4 お(ご)～願う

「目上の人」に頼むときに使う。

5 その他

a お(ご)～にあずかる

「目上の人」の好意や恩恵などを受ける場合に使う。3より敬度が高い。

b お(ご)～を仰ぐ

「目上の人」から教えや指示、援助などを受けたいときに使われる。

c お(ご)～を賜る

高貴な人や目上の人から何かいただく場合。非常に敬度が高い。

d お(ご)～を差し上げる

「目上の人」に対して何かをする場合。

〔三〕 謙譲表現に関する注意事項

1 「まいる」「申す」「伺う」などの謙譲表現を間違えて尊敬表現として使うことが多いので、注意する必要がある。

(1) 先生がそう申しました。(よくない文)

(2) 先生がそう申されました。(よくない文)

(3) 先生がそうおっしゃいました。(正しい文)

2 「お(ご)～する／いたす」はオやゴが使われているためか、間違って尊敬表現に使われることがある。

(1) お疲れでしょうから、お先にお休みしてください。(正しくない文)

(2) お疲れでしょうから、お先にお休み(になって)ください。(正しい文)

3 「いただく」は、「飲食する」という意味で使われるときには、丁寧語になることもあるが、「もらう」という意味で用いられる場合は謙譲語である。したがって、目下の者からもらうときや、「目上の人」に何かをするように言うときには使用できない。

(1) これは子供からいただいた物です。(正しくない文)

(2) これは子供からもらった物です。(正しい文)

(3) 運転免許証は二番の窓口でいただいてください。(正しくない文)
(4) 運転免許証は二番の窓口でお受け取りください。(正しい文)

4 「～(さ)せていただく」も注意したい表現である。
(1) あした休ませていただいてもよろしいでしょうか。
(2) 日本滞在中はいろいろといい経験をさせていただきました。
(3) 一言お礼のことばを述べさせていただきます。
(4) 頭が痛いです。帰らせていただきます。

「～(さ)せていただく」は、(1)のように「許しを得て～する」という意味で使われた場合や、(2)のように「相手のおかげで～できた」という場合には適切な謙譲表現である。しかし、(3)では、単に自分の行為を丁寧に言おうとするだけでこの表現の元来の(1)のような意味は失われている。また、(4)のような言い方では、「相手の意志に関係なく～する」のだということの表明になって、強い意志表現となり、丁寧ではなくなる。

5 「差し上げる」は、目上の人に物を上げたり、自分の好意から相手方に何かするときに使う謙譲語である。しかし一人称主体の行為としては、押しつけがましくもなるので、「お～する／いたす」の形式を使ったほうがいい。
(1) わたしは先生にそのニュースを知らせて差し上げました。(不適切な文)
(2) わたしは先生にそのニュースをお知らせしました。(よい文)

6 「かしこまる」「承知する」は「慎んで命令、指示などを受けた、承諾した」という意味で使われる。

(1) 客「すみませんがこれあしたの昼までにやってもらえませんか。」
店員「かしこまりました。」

六　その他、敬語に関する注意事項

〔一〕敬語を使わない場合

a　丁寧でない言葉といっしょに使わない。

(1) おいしいからお食いになってください。（正しくない文）
(2) おいしいから食えよ。（よい文）
(3) おいしいですから、召し上がってください。（よい文）

b　慣用句・諺はそのまま使う。

(1) どこでもお住みになれば都です。（正しくない文）
(2) 「住めば都」で先生も当地がお好きになられたようです。（よい文）

c　歴史上の人物、有名人などには敬語を使わない。

こちらは夏目漱石さんが学生時代に住んでいらっしゃった所です。（よくない文）
こちらは夏目漱石が学生時代に住んでいた所です。（よい文）

〔二〕「目上の人」に使えない表現

1　「～たい」「～たがる」「～てほしい」などを使って、「目上の人」の願望に関して直接聞いたり、述べたりすることはできない。

(1)　先生はコーヒーを飲みたいですか。(よくない文)

(2)　先生はコーヒーをお飲みになりますか。(よい文)

2　「～てあげる」「～て差し上げる」は押しつけがましくなるので、自分の行為に関して使わないほうがいい。(一章五の〔三〕の5参照)

3　「ごくろうさま」「お世話さま」「ごめんなさい」などは「目上の人」には使えない表現である。

〔三〕文全体のバランス

敬語を使う際には動詞だけではなく、他のことばも丁寧にし、文全体のバランスをとらなければならない。

(1)　どちらに住んでいらっしゃいますか。

〔四〕要請・依頼の表現

要請・依頼の表現は状況に応じて丁寧さを使い分ける必要がある。

1　a　すみませんが、窓を開けてください。

b　すみませんが、窓を開けてくれませんか。

すみませんが、窓を開けてもらえませんか。
すみません。窓を開けてもらいたいんですが。

c　申し訳ありませんが、窓を開けてくださいませんか。
申し訳ありませんが、窓を開けていただけませんか。
申し訳ありませんが、窓を開けていただきたいんですが。

d　恐れ入りますが、窓を開けていただけないでしょうか。
恐れ入りますが、窓を開けてくださいませんでしょうか。

2

a　わたしに行かせてください。

b　わたくしに行かせてくださいませんか。
わたくしに行かせていただけませんか。

c　わたくしに行かせていただきたいんですが。

〔五〕婉曲表現

丁寧さを増すためにさまざまな婉曲表現がある。

a　これでよろしいでしょうか。

b　これは少し変ではないでしょうか。

c　これでいいと思います。

d　わたしはあの人が犯人だろうと思います。

e　日本人はいつも働いてばかりいるように思われます。

f　お忙しいかと存じます。

g　なぜ田中さんがそんなことを言うのか、分からないこともないのですが。

〔六〕　丁寧さを増すための他の表現方法

1　文を言い切らない方法

a　明日はちょっと…（都合が悪いです）。

b　今忙しくて…（だめです）。

c　これきのう買ったんですけど、少し傷んでいるんですが…（替えてもらえませんか）。

2　前置きを言う方法

a　申し訳ありませんが、本日はもう閉店となりました。

b　恐れ入りますが、もう一度お電話いただけないでしょうか。

c　実は、ご相談したいことがあるのですが、今よろしいでしょうか。

第二章　丁寧語

〔一〕

1　丁寧体と普通体（★一章二の〔一〕参照）

a（田中と山下の会話）

［田中と山下は学生時代からの友人で、非常に親しい間柄である。］

田中「おい、今晩飲みに行かないか。」

山下「いいなあ。でも今晩は女房の両親が十年ぶりに国から出てくるんで、早く帰らなくちゃならないんだよ。」

田中「そうか。そいつは残念だな。じゃ、またな。」

b［田中と山下は会社の同僚であるが、二人ともまだ転勤してきたばかりで、お互いによく知らない。］

田中「山下さん、今晩飲みに行きませんか。」

山下「いいですね。でも今晩は家内の両親が十年ぶりに国から出てくるので、早く帰らなければならないんですよ。」

田中「そうですか。それは残念ですね。では、またの機会にしましょう。」

c［田中は営業マンで、山下は客である。］

田中「山下さん、今晩あたり飲みにいらっしゃいませんか。」
山下「いいですね。でも、今晩は家内の両親が十年ぶりに国から出てくるので、早く帰らなければならないんですよ。」
田中「そうですか。それは残念ですね。では、またの機会にいたしましょう。」

2 a（子供と母親の会話）
子供「ちょっとお父さんに頼みたいことがあるんだけど、今日何時に帰ってくる。」
母親「仕事の後で友達に会うって言ってたから、遅くなるんじゃないかしら。」
子供「そう。じゃ、あしたでもいいや。お父さんに頼みがあるって言っといてよ。」

b（子供と父の会社の人）
会社の人「ちょっとお父様に個人的にお願いしたいことがあるのですが、今日何時ごろ帰っていらっしゃいますか。」
子供「仕事の後で友人に会うと言っていましたから、遅くなると思います。」
会社の人「そうですか。ではまた、明日にでもお電話いたします。よろしくお伝えください。」

練習問題〔一〕

一　次の会話を読んで、AとBの関係、分かる場合には性別、および会話の丁寧度を考えなさい。

1 A「申し訳ありませんが、少し窓を開けてもよろしいですか。」
　B「ええ、どうぞ。本当にお暑くなりましたね。」

2
a
A「田中さん、お飲み物は何になさる？」
B「そうね、わたしはお紅茶をいただくわ。」
b
A「田中さん、飲み物は何になさいますか。」
B「そうですね、わたくしは紅茶をいただきます。」

3
A「ねえ、あなた、今晩は何時ごろ帰ってくる？」
B「そうだな、会議の後、多分飲みに行くだろうから、遅く(おそ)なるよ。」
A「そう、信夫(のぶお)が宿題を見てほしいって言ってたから、なるべく早く帰ってきて。」
B「うん、分かった。じゃ、なるべく早く帰るようにするよ。」

4
（会社で）
A「何時ごろお戻り(もど)になりますか。」
B「そうだな、銀行から坂田商会へ回るから、五時ごろになるだろうな。急な用でもできたら、連絡(れんらく)してくれ。」
A「はい、かしこまりました。では、行ってらっしゃい。」

5
a
A「きのう山田くんのお父さんがこれくれたんだ。」
B「いいなあ。ぼくには何もくれなかったよ。」
A「そりゃ、当たり前さ。ぼく、先週いろいろ手伝ったんだもん。」
b
A「きのう山田くんのお父さんがこれ下さったんです。」
B「よかったわね。こんなにいいものもらって。」
A「多分、ぼくが先週いろいろお手伝いしたからだと思います。」

6
a
A「先生がぼくの書いた論文見てくれたんだ。」

B「そう、直してくださったの。」
A「うん、いろいろ直されちゃった。」

b
A「山下教授がわたくしの論文を見てくださいました。」
B「それはよかったね。厳しい先生だから。」
A「ええ、いろいろ直してくださいました。」

7
a
A「よくいらっしゃいました。きょうは道がさぞ込みましたでしょう。」
B「ええ、すっかり遅くなってしまい、申し訳ございません。」

b
A「よく来たね。きょうは道が込んだだろう。」
B「うん、すっかり遅くなっちゃって、ごめんね。」

8
a
A「日曜日何時にする?」
B「二時なら大丈夫だけど。」
A「じゃ、二時にしようか。」
B「いい?」
A「うん、いいよ。二時に南口の改札口で。」
B「分かったわ。じゃあね。」

b
A「日曜日何時ならよろしいでしょうか。」
B「二時なら都合がいいんですけれども。」
A「では、二時にいたしましょう。」
B「ええ。」
A「二時に南口の改札口でお待ちしております。」

B 「承知いたしました。では、その時に。」

〔二〕 丁寧に話すときに語や表現が変わるもの（★一章二の〔二〕参照）

A 指示語、人称代名詞、副詞、名詞、挨拶表現など

(1) そちらの方は宮下さんで、あちらに立っていらっしゃる方は川崎さんです。
(2) 「夏にはどちらに行かれるんですか。」「まだ決めておりません。」
(3) わたくしがきちんと整理いたしますから、ご心配なさらないでください。
(4) 「おたくはいつごろ東京へ出ていらっしゃったんですか。」「今年の九月でまる十年になります。」
(5) ただいま佐藤は出張で大阪へ行っておりますので、明後日にでもまたお電話いただけませんか。
(6) このたびサンフランシスコ支社に転勤となりました。
(7) では、また後ほどご連絡いたします。
(8) 昨夜からけさにかけて、金華山沖で地震が多発しており、全域に津波警報が出されました。〔ニュース〕
(9) 本日はお忙しいところを多数ご出席くださいましてまことにありがとうございます。
(10) 少々不便なところですが、ぜひ一度お立ち寄りください。
(11) ご家族の皆様はいかがでいらっしゃいますか。
(12) 「いかほどになりますか。」「全部で五千円ちょうだいいたします。」
(13) 「次の会合は木曜日でよろしいですか。」「ええ、けっこうです。」

(14) すみませんが、お冷やもう一杯いただけますか。
(15) 申し訳ございませんが、荷物を網棚に上げてくださいませんか。
(16) 恐れ入りますが、もう少しお詰め願えないでしょうか。
(17) では、用がありますので、お先に失礼いたします。
(18) いろいろ教えていただきまして、ありがとうございました。

練習問題〔二〕のA

一 （　）の語を丁寧な形に変えなさい。

1 （こんど）大塚重雄ご夫妻のご媒酌により、重雄次男重行と沢田建治長女和子との婚儀が相整いました。〔手紙〕（　　　）

2 「（どっち）がお好きですか。（どっち）でもよい方をお取りください。」「そうですか。（すみません）ね。では、（こっち）の方をいただきます。」
（　　　）（　　　）（　　　）（　　　）

3 （本当に）（すみません）が、（今）分かるものがおりませんので、また（後で）いらしていただけないでしょうか。（　　　）（　　　）（　　　）（　　　）

4 「（いくら）お払いすれば（いい）んでしょうか。」「少し古くなっておりますから、一万円で（いい）です。」（　　　）（　　　）（　　　）

5 鈴木先生は（とても）難しい研究をなさっているので、（わたし）には（とても）先生の書かれていることは理解できません。（　　　）（　　　）（　　　）

6　（きのうの夜）、新宿区四谷（よつや）一丁目十三番十号付近でぼやが発生しました。〔ニュース〕
（　　）

7　（少し）用がありますので、（早く）失礼させていただきたいんですが、（いい）でしょうか。
（　　）（　　）（　　）

8　（こっち）はもうだいぶ涼（すず）しくなってまいりましたが、（そっち）は（どう）でしょうか。
（　　）（　　）（　　）

9　〔受付が客に〕失礼ですが、（さっき）からお待ちのようですが、どんなご用件でしょうか。
（　　）

10　〔課長が部下に〕山川さん、（こっち）が竹中部長でいらっしゃいます。（　　）

11　「京都での会議のあとは少し見物でもなさるんですか。」「いいえ、会議の（次の日）は工場視察、（次の次の日）はお得意回りと、（こんど）の出張は忙（いそが）しくなりそうなんですよ。」
（　　）（　　）（　　）

12　「山田さんのお父様だとは存じませんでした。失礼なことを申して（本当に）（すみませんでした）。」「いいえ、お気になさらないでください。」（　　）（　　）

13　（おととし）に引き続き、（去年）もヨーロッパへまいりましたので、だいぶ事情が分かってまいりました。（　　）（　　）

14　（だれ）が（あした）の講演に見えるのか、（わたし）はまだ聞いておりません。
（　　）（　　）（　　）

15　（すみませんが）、もう（ちょっと）お待ちいただけませんか。（　　）（　　）

B 動詞

a 「ござる」以外の言葉

(1) 梅もほころび始め、だいぶ暖かくなってまいりました。〔手紙〕
(2) まもなくひかり3号博多行き、超特急が入ってまいりますので、白線の内側にお下がりください。
(3) 当地では、台風の接近に伴って、昨夜から暴風雨になっております。
(4) 水不足のため、東京都では給水制限を実施しております。
(5) 変な音がいたしましたね。ちょっと見てまいります。
(6) わたくしの父は兵庫県にある豊岡ともうす町で生まれました。
(7) 父はわたくしが五歳の時に亡くなりましたので、母はそれからずっとひとりで苦労してまいりました。
(8) 任侠俳優鶴田浩二逝く。〔新聞〕
(9) 両親は九時ごろには休んでしまいますので、それ以前にお電話いただけますか。
(10) こちらは一昨年フランスで求めたものなのですが、最近これの類似品が出回っているようです。
(11) 紅茶にブランデーを少し入れると、おいしくいただけます。

練習問題〔二〕のB・a

一 (　) の語を丁寧な形にしなさい。

1　昨晩十分（寝ました）ので、今日は気分がいいです。（　　　　）
2　「カサブランカ」と（いう）感じのいい喫茶店が駅前にできましたので、一度行ってみようと思っております。（　　　　）
3　けさから雪が激しく降って（います）から、道がかなり滑りやすくなって（います）。（　　　　）（　　　　）
4　円高になって（きました）ので、海外へ出かける若者で、成田は混雑して（いました）。（　　　　）（　　　　）
5　これは、何十年も前に（買った）ものですが、とても丈夫で、きずひとつございません。（　　　　）
6　ばらのいい匂いが（します）。（　　　　）
7　小学校時代の級友がすでに六人も（死んでいます）。（　　　　）
8　来週いっぱい群馬県にある太田と（いう）町へ仕事で行くことになって（います）。（　　　　）（　　　　）
9　この辺も最近急速に変わって（きました）。（　　　　）
10　世間では「袖すり合うも他生の縁」と（言います）。（　　　　）
11　涼しくなって（きました）。（　　　　）
12　さんまをおいしく（食べる）には、塩焼きにするのが一番だと存じます。（　　　　）
13　健康で病気などしたことがないという中堅管理職員が、ある日突然（死ぬ）というケースが増えてきている。〔新聞〕（　　　　）
14　どうしてこれを採用することにしたかと（言います）と、やはり機能性を第一にしたからで

す。（　　　）

b 「ござる」

(1) 皆様お変わりございませんか。
(2) はい、富士銀行でございます。〔電話〕
(3) お宅のほうにおじゃましてもよろしゅうございましょうか。
(4) 今日は大変お暑うございます。
(5) 最近はお野菜が高うございますね。
(6) いろいろお話を伺い、たいへんおもしろうございました。

練習問題〔二〕のB・b

一　傍線部の普通の言い方は何か。

1　おなつかしゅうございますね。お元気でいらっしゃいますか。
（　　　）（　　　）
2　わたくしは何曜日でもよろしゅうございます。（　　　）
3　皆様にお目にかかり、いろいろお話できて本当に楽しゅうございました。（　　　）
4　お寒うございますから、お気をつけてお帰りになってください。（　　　）

二（　）の語を「ございます」か「（で／くて）いらっしゃいます」の形にしなさい。

1 「どちらさま（です）か。」「田中と申します。」（　　）

2 〔部長が部下の山崎に〕「山崎さん、こちらが金子社長（です）。」「はじめまして。山崎（です）。どうぞよろしく。」（　　）

3 「ご家族の皆様（みなさま）はお元気（です）か。」「はい、おかげさまで元気にしております。」（　　）

4 〔母親同士の会話〕「山田さんのお父さんは何をしていらっしゃるんですか。」「山田さんは区立第一中学校の先生（です）。」（　　）

5 今日はいいお天気（です）ね。（　　）

6 手前右側に見えますのが、文部省（もんぶしょう）（です）。（　　）

7 あの方は足がお（悪いです）か。（　　）

三（　）の語を「ございます」か「おありです」の形にしなさい。

1 どこか痛むところが（あります）か。（　　）

2 急いでいらっしゃったから、何か急なご用件でも（ある）んでしょう。（　　）

3 今日は仕事がたくさんありますので、早く帰れそうも（ありません）。（　　）

4 昨日は商品が多数（ありました）が、おかげさまで売り切れとなりました。（　　）

5 下田課長は何か嫌（きら）いなものが（あります）か。（　　）

6　ご意見、ご希望など（ありました）ら、どしどしおっしゃってください。（　　）

7　もう二、三箇所修理しなければならないところが（あります）から、あと一週間ほどお時間をいただけないでしょうか。（　　）

8　坂口先生はスポーツには関心が（ありません）。（　　）

〔三〕「内」のものと「外」のもので、言い方が異なるもの（★一章二の〔三〕参照）

(1)
A「ご両親はお元気でいらっしゃいますか。」
B「はい、おかげさまで父は元気にしておりますが、母は最近リューマチぎみで、あちこち痛いと申しております。」

(2)
A「お子さんも皆さん大きくなられたでしょうね。」
B「ええ、一番上の息子は今年大学を卒業して、会社に入りましたし、まん中の息子は大学一年、娘は高校三年、下の息子は高校一年になりました。」

(3)
A「おばあさまはお孫さんが可愛くてしかたがないのでしょうね。」
B「ええ、祖母も祖父も長い間、孫ができるのを楽しみにしておりましたから。」

(4)
A「お姉さん、ちょっと宿題教えてくれない？」
B「今お姉さんは忙しいから、お兄さんに教えてもらって。」

(5)
A「もし、おうちの方がどなたもいらっしゃらなかったら、どうしましょうか。」
B「いいえ、うちのものが必ずだれかおりますから……。」

(6)
A「山下と申しますが、戸田部長さんいらっしゃるでしょうか。」
B「山下様でいらっしゃいますね。お待ちしておりました。どうぞこちらへ……。」

山下様、こちらが部長の戸田でございます。」

(7) A 「お父様は何をしていらっしゃるんですか。」

B 「医者です。」

(8) A 「森先生はもう何年ぐらい、こちらの学校で教えていらっしゃるんですか。」

B 「今年で三十年です。三十年も教師をしていると、うれしいこと、悲しいこと、いろいろありますよ。」

(9) 粗茶でございますが、どうぞ召し上がってください。

(10) 「ご主人から新築なさると伺いましたが……。」「お酒の席での話でしょう。うちの人はお酒が入るとだめなんですよ。気が大きくなってしまって……。」

(11) 貴社からの請求書が当方に着き次第、弊社経理担当の者がそちらに伺って、お支払いいたします。〔手紙〕

(12) 七月十六日㈮に拙宅にて、ささやかではありますが、松田先生の出版祝いの会を催します。お越しいただければ、先生もお喜びになると存じます。なお、先生のご高著のお話などもお聞かせいただくことになっております。〔手紙〕

練習問題〔三〕

一　適当な語を選びなさい。

1 (娘・娘さん)も大きくなられて、さぞご安心なことでしょう。

2 A 「どうもお待たせいたしました。こちらが(鈴木部長・部長の鈴木)でございます。」

B「はじめまして、川田商事の（森田・森田さん）と申します。」

3 万一不都合な点がございましたら、お手数でもお送りください。送料（弊社・貴社）負担でお取り替えいたします。

4 慣れない土地へまいりまして、少々不安でございましたが、（お子さん・子供）も元気で学校へ通っておりますので、ほっとしております。

5 A「営業部の（下山さん・下山）お願いします。」
B「営業部の（下山さん・下山）ですね。少々お待ちください。」

6 A「（兄弟・ご兄弟）が多くて、よろしいですね。」
A「いいえ、（兄弟・ご兄弟）が十一人もいると、生存競争が激しくて、大変ですよ。」

7 明日までに一応ご連絡ください。もしわたしが留守でしたら、（うちのもの・おうちの方）に伝えておいてください。

8 A「（両親・ご両親）はご健在でいらっしゃいますか。」
B「（父・お父さん）は元気ですが、（母・お母さん）は昨年ガンで亡くなりました。」

9 お忙しいところ（拙著・高著）をお読みくださり、ありがとうございました。〔手紙〕

10 （姉・お姉さん）は（看護婦・看護婦さん）になりたがっております。

11 （拙宅・お宅）で粗餐を用意しておりますので、お越しください。〔手紙〕

12 （祖父・おじいさん）も（祖母・おばあさん）もわたしがフランスへ留学に行くことに反対しております。

13 A「（母・お母さん）、（父・お父さん）の計算機ちょっと使ってもいいかな。」
B「今、（妹・春子）が使っているわよ。」

〔四〕 名詞や形容詞にオ・ゴをつける言い方（★一章二の〔四〕参照）

(1) 本日はお招きいただきありがとうございました。
(2) お忙しいところをお手伝いくださり、助かりました。
(3) 山本さんの奥さんは、お若いし、おきれいですね。
(4) （会議のあとで客に）お疲れのところを申し訳ありませんが、社長室までご足労願えないでしょうか。
(5) 息子が就職する際には、田丸さんにはいろいろお世話になりました。
(6) 先生のお話を伺ってから、先生を囲んでお食事をする予定になっております。
(7) お電話してもどなたもお出になりませんし、お手紙をお出ししても戻ってきてしまいますし、どこかにお移りになったのではないでしょうか。
(8) 「どちらにお勤めですか。」「ただ今、勤めはやめて、お茶やお花を習っております。」
(9) 今後のご活躍、ご発展を期待しております。
(10) ご住所、ご勤務先が変わられましたら、なるべく早めにご連絡ください。
(11) ご両親もご兄弟もお元気だとのこと、何よりと存じます。
(12) こうやってまたお会いできたのも、何かのご縁でしょう。
(13) このたび無事に任務を果たすことができましたのも、皆様方のご指導、ご助言、お力添えのおかげと心より感謝しております。
(14) 賛成の方はご起立願います。
(15) 本日の催しに関して、ご意見、ご感想、ご要望などおありでしたら、お書きください。

今後の参考にさせていただきます。

(16) もうお出掛けですか。お早いですね。

(17) 田中が戻り次第、お電話するよう申し伝えます。

練習問題〔四〕

一 「お」や「ご」の使い方が、次のa～dのどれに当たるか（　）の中に記号を入れなさい。

a 尊敬　b 謙譲　c 丁寧　d 省略すると意味のかわるもの

1 あしたのお弁当はおにぎりにしようと思っています。（　）（　）

2 先生がご説明くださったので、よく分かりました。（　）

3 ご上京なさるときには、ぜひわが家にもお寄りください。（　）

4 こちらにお茶とお菓子が用意してありますので、どうぞ召し上がってください。（　）（　）

5 「実はお願いがあるのですが、本日先生の研究室の方へおじゃましてもよろしいでしょうか。」「ええ、じゃ、三時ごろ来てください。」（　）（　）

6 最近太ってきたので、紅茶にはなるべくお砂糖を入れないようにしています。（　）

7 お金が落ちていたので、交番へ届けたら、おまわりさんに少額だから取っておいていいと言われました。（　）（　）

8 先生の温かいご指導のおかげで、子供も無事早稲田大学に入学できまして、お礼の申し上げようもございません。（　）（　）（　）

9　京都大学での学会のご報告をいたします。（　）
10　お子さんの立派に成長されたご様子を拝見して、とてもうれしく存じました。（　）（　）
11　社長の奥様はお美しい方ですね。（　）
12　おいしいお漬物とご飯があれば、ほかに何もいりません。（　）（　）
13　先生はお酒を毎晩少量たしなむことが健康の秘訣だとおっしゃっています。（　）
14　お時間がおありでしたら、こちらの展示もご覧ください。（　）
15　田川さんはお仕事が忙しいので、ご出席になれないそうです。（　）（　）（　）
16　お父様はどちらのご出身ですか。（　）（　）（　）
17　おやじもおふくろも、放任主義だ。（　）（　）
18　ちょっとおしょうゆをとっていただけますか。（　）
19　お帰りの切符は今のうちにお求めください。（　）
20　「お飲み物は何になさいますか。」「わたくしはお紅茶をいただきます。」（　）（　）（　）

二　（　）の中に「お」か「ご」を入れなさい。

1　先生は（　）宅ではほとんど（　）茶しかお飲みにならないようです。
2　（　）心配なさるのは無理もありませんが、当方安全には万全を期しておりますので、（　）安心ください。
3　あの方の（　）専門は会計学です。
4　（　）便りありがとうございました。（　）返事が大変遅れまして、申し訳ございま

せん。〔手紙〕

5　（　　）忘れ物のないよう、（　　）注意ください。

6　昨日、（　　）電話申し上げましたが、（　　）留守でした。

7　山川さんは（　　）ひとりで（　　）研究なさったことを今度本にまとめられたそうです。

8　（　　）手伝いできることがありましたら、（　　）遠慮なくおっしゃってください。

9　先日本田さんから（　　）手紙をいただきましたが、皆さん（　　）元気で（　　）暮らしのようです。

10　何かにつけ、皆様には温かい（　　）支援をいただき、（　　）礼のことばもございません。

11　いつも主人が（　　）世話さまになりましてありがとうございます。

12　あの方は（　　）小さい時から（　　）苦労が多かったので、それだけほかの人の気持ちにも敏感でいらっしゃるのでしょう。

13　工事が終了するまで、いろいろ（　　）不便をおかけいたしますが、（　　）許しください。

14　（　　）飲み物は何になさいますか。

15　気候が不順なおり、（　　）からだを（　　）大切になさってください。〔手紙〕

16　（　　）食事はもうおすみになりましたか。まだでしたら、（　　）いっしょしませんか。

17　ただいま福田さんが（　　）説明くださったことに関して、何か（　　）質問がおありでしょうか。

18　社長には、この件、早速（　　）報告いたしましたが、すでにご存じのようでした。
19　この件については、一応学長に（　　）相談申し上げた方がいいでしょう。
20　新製品の展示会を開きますので、（　　）忙しいでしょうが、（　　）暇をみてぜひお出掛けください。

まとめの練習

適当なものを一つ選びなさい。

1　ご家族の（人・方）によろしくお伝えください。
2　座席を（倒します・倒す）ときには、右下のレバーを押してください。
3　非常の際には係員の（指示・ご指示）に従ってください。
4　先生のお宅には猫が十匹も（いらっしゃいます・います）。
5　係の（者・方）を早速修理に伺わせます。
6　〔他の会社の人に〕（課長の田中・田中課長さん・田中課長）はただいま席を外しております。お差し支えなければ、ご用件を承りますが……。
7　「（おやじ・お父さん・父）が先生にお目にかかりたいと申しておりますが、いつが（けっこう・よろしい）でしょうか。」「今週の金曜日なら何時でもかまいませんよ。」
8　立派なお宅で（いらっしゃいますね・ございますね）。いつごろお建てになったんですか。
9　いつお帰りになるか（分かりませんです・分かりません）。
10　きのう（ご覧になった・ご覧になりました）映画は（いかが・どう）でしたか。

11 （ご・お）案内いたしますから、（こっち・こちら）で（ちょっと・少々）お待ちくださいませんか。

12 （おじさん・おじ）は岩手で（先生・教師）をしております。（家族・ご家族）を残して行っておりますから、（ひとり・おひとり）でなかなか大変なようです。

13 （今・ただ今）（ご用・用）があるから、ちょっと待っていて。

14 山本先生は（今・ただいま）（ご用・用）がおありで、すぐにはいらっしゃれません。

第三章 尊 敬 語

〔一〕 敬語動詞（★一章三の〔二〕参照）

A 敬語動詞(1)

a する → なさる

(1) 社長は休日にはたいていゴルフをなさいます。
(2) 先生もこの計画には賛成なさいました。
(3) 忘れ物をなさいませんようお気をつけください。

b 行く → いらっしゃる、おいでになる
～ていく → ～ていらっしゃる

(1) そろそろいらっしゃいませんか。わたくしもまいります。
(2) 会長は来月中旬（ちゅうじゅん）にニューヨークへおいでになる予定です。
(3) 雨が降りそうですから、傘（かさ）を持っていらっしゃったほうがいいでしょう。
(4) 先生はこのたびの国際会議に奥様（おくさま）も連れていらっしゃるそうです。
(5) 会長は明朝（みょうちょう）十時に大阪支社へいらっしゃって、翌々日には福岡（ふくおか）にも回られるそうです。

c

来る ↓ いらっしゃる、おいでになる、見える、お見えになる、お越しになる

~てくる ↓ ~ていらっしゃる

(1) 谷口先生が東京へいらっしゃったのは三年前です。

(2) 「ご主人様はおいでになりますか。」「あいすみませんが、ただいま出ております。」

(3) 先生は間もなく見えるでしょう。先ほどお電話がありましたから。

(4) (社員が受付に) お客様がお見えになりましたら、こちらへお通ししてください。

(5) 子供たちが皆様のお越しになるのを楽しみにしております。

(6) 「行ってまいります。」「行って(い)らっしゃい」

(7) きょう課長がお嬢さんの結婚式の写真を持っていらっしゃいましたよ。見せていただきましたか。

d

いる ↓ いらっしゃる、おいでになる

~ている ↓ ~ていらっしゃる

(1) あの方はお子さんが十二人もいらっしゃいます。

(2) 吉田様、おいでになりましたら、一階受付までいらっしゃってください。

(3) 課長は私の家の近くに住んでいらっしゃいます。

(4) (会社の先輩と後輩)「課長はどこかな。」「課長はただいま会議室にいらっしゃると思います。」

(5) 田川さんのお父さんは切手収集がご趣味で、世界の珍しい切手をたくさん持っていら

っしゃいます。

e　である → でいらっしゃる

(1) こちらは田中さんのお父さんでいらっしゃいます。
(2) あの方はおきれいでいらっしゃいますね。
(3) 吉田さんは丸山商事の課長さんでいらっしゃいます。
(4) 田中さんのお母様は最近お具合が少し悪くていらっしゃいます。

f　食べる、飲む → あがる、召し上がる

(1) いたみやすい物ですから、なるべく早く召し上がってください。
(2) 何もありませんが、お好きなだけあがってください。
(3) そんなにお酒を召し上がったら、お体に毒ですよ。

g　見る → ご覧になる
　～てみる → ～てごらんになる

(1) 学長は昨日会場へいらっしゃって、展示作品を丁寧にご覧になりました。
(2) 込み合っておりますので、ご覧になった方は、順に前へお進みください。
(3) ご覧のとおり散らかしておりますが、どうぞお上がりください。
(4) ほかの方にも相談してごらんになったらいかがですか。

h　言う → おっしゃる

(1) 先生のおっしゃったとおりにいたすつもりです。

(2)　先生のおっしゃったことは、その当時のわたくしにはよく分かりませんでした。
(3)　田川様とおっしゃる方が先ほどいらっしゃいました。
(4)　先生は今日は研究室に寄らずに直接帰るとおっしゃいました。

i　知っている → ご存じです
(1)　この件に関しては、社長はもうご存じのはずです。
(2)　あの方は何もご存じないと思います。
(3)　その事件に関して、ご存じのことは何でも教えてくださいませんか。

j　くれる → 下さる
　～てくれる → ～てくださる
(1)　この辞書は入学祝いに高校の先生が下さったものです。
(2)　わたくしの書いたものを先生がこんなに褒めてくださるなんて、思ってもいませんでした。

練習問題〔一〕のA

一　傍線部の普通の言い方は何か。
1　ぜひまたお遊びにいらっしゃってください。（　　　）
2　どちらに勤めていらっしゃいますか。（　　　）
3　何を召し上がりますか。（　　　）

4　当社の製品カタログをご覧になりたい方はどうぞおっしゃってください。（　　）
5　会社をお辞めになって、今後どうなさるおつもりでしょうか。（　　）
6　会長はお部屋で調べものをしておいでになります。（　　）
7　次は三番町です。お降りの方はいらっしゃいませんか。（　　）
8　ご家族の皆様はお元気でいらっしゃいますか。（　　）
9　わたくしは存じませんが、どなたかご存じでしょうか。（　　）
10　社長は新しい工場の視察に行っていらっしゃいました。（　　）
11　そうしてくだされば、こちらも助かります。（　　）
12　このことについて何かご存じでしたら、教えてくださいませんか。（　　）
13　課長、お客様がお見えになりました。（　　）
14　今からおいでになったのでは、あちらにお着きになるころには、もう会合は終わっているでしょう。（　　）
15　皆様が手伝ってくださったおかげで、すぐ済みました。（　　）
16　あの方、だいぶお酒をあがるようですが、お強いんでしょうね。（　　）
17　山下教授が中国へ調査にいらっしゃるときには、わたくしもお供させていただこうかと思っております。（　　）
18　佐藤さんが戻られましたら、こちらにお電話をくださいますよう、伝えていただけませんか。（　　）
19　新郎の一郎君は丸井商事の社長をしていらっしゃる田川昭夫氏のご長男で、昭和七十年に東大の法学部を優秀な成績でご卒業なさって、現在は法務省に勤務していらっしゃいます。

20　あらかじめ電話をしてからいらっしゃったほうが間違いないと存じます。（　　）（　　）（　　）（　　）

二　上の文と下の文を適当に結びなさい。全部一回ずつ使いなさい。

1　山下部長は毎朝ジョギングを（　　）
2　田中さんは先月こちらに（　　）
3　先生は今日何時まで研究室に（　　）
4　こちらが下山さんのお父さんで（　　）
5　吉田さんのお父さんは来月出張でジュネーブへ行くと（　　）
6　その不祥事は校長先生も、もう（　　）
7　国立近代美術館でのゴーギャンの展覧会はもう（　　）
8　先生はお具合いが悪いのか、今日はあまり（　　）

a　いらっしゃいます。
b　ご存じです。
c　ご覧になりましたか。
d　召し上がりませんでした。
e　なさっているそうです。
f　お越しになったそうです。
g　おいでになりますか。
h　おっしゃっていました。

三（　）の語を尊敬語にしなさい。

1（課長Aと社員B）
A「社長は何時ごろ（来る）のかね。」（　　）
B「十一時ごろ（来る）そうです。」（　　）

A「社長がそう（言った）のか。」（　　　　　　　　）

B「いいえ、先ほど奥様（おくさま）からお電話がありました。」

2（社長と社員）

社員「社長は大丸（だいまる）商事の山下部長を（知っています）か。」（　　　　　　　　）

社長「よく知っているよ。何か……。」

3（妻と夫）

妻「今晩何を（食べます）。」（　　　　　　　　）

夫「そうだな。久しぶりにすきやきにしようか。」

4（電話で）

A「吉田（よしだ）さんのお宅でしょうか。田川（たがわ）と申しますが、御主人様（います）か。」（　　　　　　　　）

B「はい、少々お待ちくださいませ。」

5（会社の受付で）

男「山下課長は（います）か。」（　　　　　　　　）

受付「小林様ですね。お待ち申し上げておりました。」

6（レストランで）

ウエイトレス「何に（します）か。」（　　　　　　　　）

客「そうですね。焼肉定食を二つお願いします。」

7（家で主人と客）

主人「どうぞたくさん（食べて）ください。」（　　　　　　　　）

客「はい、おいしくいただいております。」

主人「お酒は（飲まない）んですか。」（　　　　　　　　）
客「ええ、今日は車でまいりましたので……。」

8（先生と学生）
学生「先生、今日の新聞もう（見ました）か。」（　　　　　　　　）
先生「いいえ、けさはちょっと忙しくて。何かありましたか。」

9 A「いいですね。だれにもらったんですか。」
B「結婚祝いに課長が（くれた）んです。」（　　　　　　　　）

10 A「お兄様はどちらに（勤めています）か。」（　　　　　　　　）
B「住友銀行に勤めております。」

11 A「一緒に（来てくれる）と、たいへん助かるのですが。」（　　　　　　　　）
B「では、一緒にまいりましょう。」

12（社員Aと新入社員B）
A「こちら、人事部長の上田さん（です）。」（　　　　　　　　）
B「はじめまして、どうぞよろしくお願いいたします。」

13 A「ご家族の皆様はお元気（です）か。」（　　　　　　　　）
B「ええ、おかげさまで。」

14（学生と先生）
学生「先生はお暇な時、何を（します）か。」（　　　　　　　　）
先生「そうですね。クラシックを聞いたり、近所を散歩したりします。」

B　敬語動詞(2)

a　買う → お求めになる

(1)　故障の際にはお求めになった販売店へご連絡ください。

b　寝る → お休みになる

(1)　こちらのお客様はもうお休みになりましたから、もう少し静かにしていただけませんか。

c　着る → 召す、お召しになる

(1)　紫色の着物を召した山田先生は、とてもおきれいでした。

(2)　社長夫人はいつも素敵な着物をお召しになっています。

d　気に入る → お気に召す

(1)　お気に召しましたら、どうぞお持ち帰りください。

e　年を取る → お年を召す

(1)　昨日の同窓会は、お年を召した方も大勢出席なさり、盛会でした。

f　風邪を引く → (お)風邪を召す

(1)　部長のお母様はお風邪を召して、ここ一週間ほど休んでいらっしゃるそうです。

g　死ぬ → おかくれになる〔皇室用語〕、お亡くなりになる、逝去する

(1)　明治天皇がおかくれになったのは、明治四十五年七月でした。

(2)　失礼ですが、ご主人はいつお亡くなりになったのですか。

(3) 父君のご逝去を心から悼みます。

h 聞く → お耳に入る

(1) こんなことが社長のお耳に入ったら大変です。

練習問題〔一〕のB

一　傍線部の普通の言い方は何か。

1 寒いですから、どうぞこちらでコートをお召しください。（　　）
2 あのデザイン、お気に召したでしょうか。（　　）
3 先生はお年を召していよいよお元気でいらっしゃいます。（　　）
4 佐藤先生は昨日午前五時三十二分にご逝去なさいました。（　　）
5 お客様のお気に召す商品が多数取りそろえてございます。（　　）
6 お年を召した方には座席をお譲りください。（　　）
7 喜寿のお祝いに先生のお好きな焼き物を差し上げましたが、お気に召したかどうか……。（　　）
8 ご主人様がお亡くなりになって、どんなにかお力落としのことと存じます。（　　）
9 先生はもうお休みになっているでしょうから、あしたにでもご連絡したほうがいいのではないかと思います。（　　）
10 お風邪など召しませんよう、お大事になさってください。（　　）

11 乗車券をお求めになる方は、どうぞこちらにお並(なら)びください。（　　）

二 上の文と下の文を適当に結びなさい。全部一回ずつ使いなさい。

1 先生は韓国(かんこく)へいらして古い焼き物を（　　）
2 先日お送りいたしたものは（　　）
3 部長は心配そうにしていらっしゃったから（　　）
4 川井さんのお父さまは心臓発作(ほっさ)で急に（　　）
5 社長の奥様(おくさま)はお風邪(かぜ)を召(め)して今日は（　　）
6 先生はお年を召(め)してからあまりお出にならないので（　　）
7 社長の奥様(おくさま)はあそこにいらっしゃるベージュのスーツを（　　）

a お召(め)しになった方です。
b お亡(な)くなりになったそうです。
c お気に召(め)していただけたでしょうか。
d 今回の旅行にもおいでにならないと思います。
e いろいろお求めになったようです。
f その事故のニュースがもうお耳に入ったのかもしれません。
g 休んでいらっしゃるそうです。

三 （　）の語を尊敬語にしなさい。

1 （娘(むすめ)と義理の母）
娘(むすめ)「お母さまは今日何を（着る）つもりですか。」（　　）

義理の母「そうね、この紺の着物にしようかしら。」

娘「いいですね。その着物はよくお似合いですから。何時ごろ（行きます）か。」（　　　）

2 （不動産屋で）

不動産屋「いかがでしたか。（気に入って）いただけましたか。」（　　　）

客「間取りは気に入りましたが、ちょっと家賃がね……。」

3 （恩師について）

A「先生も、クラス会に（来る）でしょうか。」（　　　）

B「さあ、（年を取っている）から、どうでしょうか。」（　　　）

4 A「素敵なブローチですね。どこで（買いました）か。」（　　　）

B「イタリアで見つけたんですよ。」

5 A「毎晩（寝る）のは何時ごろでしょうか。」（　　　）

B「最近疲れが残りますので、なるべく早く休むようにしております。」

6 A「お母様が（死んだ）ことをちっとも存じませんで、失礼いたしました。」（　　　）

B「いいえ、何しろ急だったものですから。」

7 A「寒くなってまいりましたので、風邪など（引きません）ように。」（　　　）

B「ええ、どうもありがとうございます。」

8 A「先日はお父様が交通事故に遭われたそうで、大変でしたね。」

B「おや、もう（聞いた）んですか。幸い、大したことにならなくてよかったと思います。」

（　　　）

四　初めて会った人に次のことをどう聞くか、適当な語を（　　）に入れなさい。

1　名前は何か
お名前は何と（　　　　　　　　）。

2　家はどこか
どちらに住んで（　　　　　　　　）。

3　仕事は何か
失礼ですが、何を（　　　　　　　　）。

4　独身かどうか
失礼ですが、まだお一人で（　　　　　　　　）。

5　兄弟／子供は何人か、いくつか
ご兄弟／お子さんは何人で（　　　　　　　　）。
おいくつで（　　　　　　　　）。

6　父親／主人の仕事は何か
失礼ですが、お父様／ご主人はどちらに（　　　　　　　　）。

7　国はどこか
どちらから（　　　　　　　　）。

8　大学はどこか
失礼ですが、どちらの大学を（　　　　　　　　）。

五　次の会話は「目上の人」を話題とする会話です。（　　）の中に適当な動詞を入れなさい。

1　A「山田さんのお父さんは大学で何を教えていらっしゃいますか。」
　B「化学を（　　　　）そうです。」

2　A「山田先生は何を下さったんですか。」
　B「来年の四月にタイへ行くので、タイ語の本を（　　　　）んです。」

3　学生「先生は今日こちらに来るとおっしゃっていましたか。」
　事務員「さあ、何も（　　　　）けれど……。」

4　A「所長はもうその書類をご覧（らん）になったでしょうか。」
　B「ええ、（　　　　）と思います。」

5　A「いい論文が書けましたね。」
　B「ありがとうございます。山田教授がいろいろ指導して（　　　　）んです。」

6　A「田中さんはお母さんがいらっしゃらないんですか。」
　B「ええ、五年ほど前に（　　　　）ということですよ。」

7　A「決算報告は今日じゅうに提出（ていしゅつ）しなければならないんですか。」
　B「ええ、先ほど経理課長がそのように（　　　　）よ。」

8　A「今年の暑さはひどいですね。竹田先生はいかがですか。」
　B「お元気そうですよ。でも、夏にはいつも東京に残って仕事をして（　　　　）たのに、今年は来週から軽井沢へ避暑（ひしょ）に行くことに（　　　　）たそうです。」

9 A 「課長は今日何だかひどく怒(おこ)って(い)らっしゃいましたよ。」

B 「きっと、契約(けいやく)の取り消しのことがお耳に（　　）んでしょう。」

10 A 「東邦貿易(とうほうぼうえき)の山口さんは、何時ごろいらっしゃいますか。」

B 「先ほど課長に電話がありましたから、課長が（　　）のはずですよ。」

〔二〕 **オ・ゴを動詞の連用形、名詞につける形**（★一章四の〔二〕参照）

1 お（ご）～になる

(1) お急ぎになれば、まだ間に合うかと存じます。

(2) お求めになりやすいお値段で売り出しました。

(3) 式典には皇太子殿下(こうたいしでんか)がご出席になりました。

(4) 修理が終わりましたので、もういつからでもご使用になれます。

(5) お使いになってのご感想をお寄せください。

2 お（ご）～なさる

(1) あなたが行けば、おばあさんはきっとお喜びなさるでしょう。

(2) この本をお読みなさるのでしたら、お貸しいたします。

(3) 会長が明日十時にこちらをご訪問なさるそうです。

3 お（ご）～です

(1) お客様がこちらでお待ちです。

(2) 入場券をお持ちでない方は、こちらでお求めください。
(3) 何か質問がおありでしょうか。
(4) 学長は、本日の会議にはご欠席です。
(5) 一階傘(かさ)売り場に白いかばんをお忘れの方、お預かりしておりますので、取りにいらっしゃってください。
(6) ご乗車の方は、乗車位置に二列にお並(なら)びください。

4 お(ご)～くださる／ください
(1) わたくしの本の序文を先生がお書きくださるとは、まことに光栄なことでございます。
(2) わざわざ宅急便(たっきゅうびん)でお送りくださらなくてもよろしかったのに。
(3) 皆様(みなさま)でご検討くださるようお願いいたします。
(4) 皆様(みなさま)、本日はようこそお越(こ)しくださいました。
(5) お父様がお帰りになったら、よろしくお伝えください。
(6) この件に関して皆様(みなさま)に早急(そうきゅう)にご連絡(れんらく)ください。

練習問題〔二〕

一 傍線部(ぼうせんぶ)の普通(ふつう)の言い方は何か。
1 この夏はどちらにお出かけになりますか。（　　　　）
2 先生が主にご研究になっている分野は鎌倉(かまくら)仏教です。（　　　　）
3 田中さんのお兄様はヘブライ語がおできになるそうです。（　　　　）

4 話がお分かりになりにくいかもしれません。その際には、どうぞご遠慮(えんりょ)なくご質問ください。

（　　）（　　）

5 間もなく発車いたします。ご乗車になってお待ちください。（　　）（　　）

6 降りる方がお済みになってからお乗りください。（　　）（　　）

7 お疲(つか)れでしょう。すぐお風呂(ふろ)にお入りになりますか。（　　）（　　）

8 ご上京になるおりには、ぜひわたくしどものところへもお寄りください。

（　　）（　　）

二 傍線部(ぼうせんぶ)の普通(ふつう)の言葉は何か。

1 先日お送りした書類、ご覧(らん)くださったでしょうか。（　　）

2 お客様がそちらでお待ちです。（　　）

3 先方に直接お問い合わせくださると、たいへん助かります。（　　）

4 お宅でご心配なさるといけませんから、お電話なさったほうがいいのではないでしょうか。

（　　）（　　）

5 これより課長がご説明なさる件は、もうご存じの方々もあると存じます。

（　　）（　　）

6 「どちらへお出掛(でか)けですか。」「ちょっとそこまで……。」（　　）

7 お立ちの方がいらっしゃいますので、もう少しお詰(つ)めください。

（　　）（　　）

8 岸田先生は海外でのご経験についてよくお話しなさいます。（　　）

9　準備の都合もございますので、ご出席の方はなるべく早めにご連絡くださ い。
（　　　　）（　　　　）

10　にきびでお悩みの方、ぜひ当社の新製品をお試しください。（　　　　）（　　　　）

11　風邪がはやっておりますので、お気をつけください。（　　　　）

12　お忙しいところをいろいろご案内くださってありがとうございました。（　　　　）

13　会長がご推薦くださったおかげで、ニューヨーク支社へ転勤が決まって主人もたいへん喜んでおります。（　　　　）

14　お返事がすっかり遅れてしまった失礼をお許しください。〔手紙〕（　　　　）

15　民族と文化のアイデンティティーを保つには、どうすべきだとお考えですか。（　　　　）

16　皆さんも、同様の体験をお持ちのことと思います。（　　　　）

三　「お（ご）～になる」の形を使って文を完成しなさい。

1　A「今晩お父様は何時ごろ（　　　　）か。」
　　B「父は八時ごろ帰ると思います。」

2　A「きれいですね。どちらで（　　　　）んですか。」
　　B「これは昨年パリへまいりましたときに、買ったものです。」

3　A「社長はもうこの報告書を（　　　　）でしょうか。」
　　B「ええ、さきほどそれについて話していらっしゃいましたから。」

4　A「山下教授は今日の会議で何について（　　　　）んですか。」
　　B「先月学会で発表なさったことについてだと思います。」

5 A「先生はどうしてそんなことをあなたに（　　　）んでしょう。」
　B「さあ、多分わたくしが知っているとお思いになったからでしょう。」

6 A「社長は（　　　）んでしょうか。」
　B「いいえ、当日はご都合が悪くて、欠席なさるそうです。」

四 （　）の語を「お(ご)～になる」「お(ご)～です」「お(ご)～の～」「お(ご)～くださる／ください」のいずれかの形を使って変えなさい。また［　］の語を適当に変えなさい。

1 先生は［おととい］ヨーロッパへ向けて、（たちました）。（　　　）（　　　）

2 風邪など（引かない）よう、（用心してください）。（　　　）（　　　）

3 ［そこ］にかけて（待ってください）。（　　　）（　　　）

4 ［ここ］に到着する時間を（知らせてください）。（　　　）（　　　）

5 ［あした］は評論家の田口氏もこの番組に（出演する）予定です。（　　　）（　　　）

6 （出席する人）は来月六日までに参加費を（納めてください）。（　　　）（　　　）

7 皆さん（そろっています）から、そろそろ始めましょうか。（　　　）

8 （司会者が部の社員に）部長が途中経過を（報告します）。（　　　）

9 社長の弟さんはロサンジェルス支社に（勤めています）。（　　　）

10 ［きょう］はこの［めでたい］席に（招待してくれて）、［本当に］ありがたく存じます。
（　　　）（　　　）（　　　）（　　　）

11 国際金融を（担当している人）の［意見］も伺ったほうがいいと思いますが。
（　　　）（　　　）

12 おもしろそうですね。何を（読んでいます）か。（　　　）

13 JR線で（帰る人）は、東側出口を（利用した）ほうが便利だと存じます。（　　　）（　　　）

14 ホノルルへ（出発する人）、搭乗手続きを開始いたしますので、三番カウンターに（並んでください）。（　　　）（　　　）（　　　）

15 先生は［さっき］何を（尋ねました）か。（　　　）（　　　）

16（ロビーで）
A「この電話（使っています）か。」（　　　）
B「いいえ、もう済みました。どうぞ。」

17（課長と部下）
部下「課長、社長は何時に（出かけます）か。」（　　　）
課長「そうだね、六時ごろ出かけられると思うよ。」

18（道で）
A「（探しているもの）は、これでしょうか。」（　　　）
B「ええ、見付けていただき助かりました。」

19（受付の人と）
受付「［ここ］に［住所］を（書いてください）。」（　　　）（　　　）（　　　）
B「ここですね。」

20（電話で相手の奥さんと）
A「ご主人が（帰ったら）、よろしく（伝えてください）。」（　　　）（　　　）

B「はい、申し伝えます。」

〔三〕　レル・ラレルの尊敬語（★一章四の〔三〕参照）

(1) 皇太子ご夫妻はレーガン大統領の招待で十月にアメリカを公式訪問される。〔新聞〕
(2) 鈴木都知事は本日午前十時に当施設の視察に来られます。
(3) ネパール訪問中の浩宮さまは、山村地帯の山歩きを楽しまれた。「一日中ここにいても飽きないですよ」とうれしそうに話された。地元の人たちが沿道で拍手をしながら出迎えると浩宮さまも笑顔でこたえられた。〔新聞〕
(4) 山田教授は本年三月で四十年勤められた明治大学を退職されました。今後は研究活動に専念されるそうです。
(5) 先生は上京されたおりにはいつもこのホテルに泊まられます。
(6) 高橋先生は六歳のころ合気道を習い始められて、その後ずっと続けてこられたそうです。
(7) ご家族の皆様はいつごろこちらに帰られますか。
(8) 岸田教授は明日午前八時の飛行機でサンフランシスコへ出発されます。
(9) あの方は四か国語も話されます。
(10) 山本代議士は今夕地元に戻って、明朝市民会館で演説されるそうです。
(11) （友人の親と）
親「アメリカのご両親が日本に来られたそうですね。どこかへ行かれましたか。」
B「ええ、日光へまいりました。ちょうどお祭りだったので、とてもにぎやかで、楽しかったです。」

(12)（事務所の人と学生）
学生「先生に頼まれた本を返しにきました。」
事務員「その本は図書館に返してください。」
学生「でも先生は事務所に返すように言われました。」
事務員「先生にそう言われたんですか。それならいいです。」

練習問題〔三〕

一（　）の語をレル・ラレルの形にしなさい。

1 課長は今日風邪で（休む）そうです。（　　　　）
2 山下さんのお父さんも東京大学の法科を（出た）そうですね。（　　　　）
3 山本先生は最後まで理想を（持ち続けました）。（　　　　）
4 吉田係長が今月末で会社を（辞める）ので、みんなで送別会をすることにしました。
（　　　　）
5 女学生A「山口先生が、いつまでに論文を提出するようにと（言った）か、覚えていますか。」
（　　　　）
女学生B「来月の五日だったと思います。」
6 社員「課長、少し（休んだ）らいかがですか。」（　　　　）
課長「うん。でも切りのいいところまで一気にやってしまったほうがいいだろう。」

7 客「校長先生は何時ごろ（戻りもどります）か。」（　　　　）
受付「さあ、すぐ戻もどると存じますが……。」

8 （男性社員Aと女性社員B）
A「どなたか吉田さんの見送りに（行きます）か。」（　　　　）
B「わたくし、まいります。竹内さんもいらっしゃるそうです。」

9 （男性社員Aとその先輩せんぱい）
A「昨晩は何時まで仕事を（しました）か。ずいぶん遅おそくまで（働いた）ようですが。」
（　　　　）（　　　　）
先輩せんぱい「十一時ごろまでやっていたんだが……。」

10 （インタビューアーAと作曲家B）
A「ピアノを（始めた）のは、おいくつぐらいの時でしたか。」（　　　　）
B「それが遅おそいんですよ。高校三年のころでした。そして京都大学へ入ってからオーケストラに入りました。」
A「ところで、どういういきさつで京都大学を（選んだ）んですか。」（　　　　）
B「ただ京都に住みたかったからです。」
A「失礼ですけど、授業はまじめに（出ました）か。」（　　　　）
B「心理学の授業はちゃんと出ました。」
A「休みにはどちらへ（行きました）か。」（　　　　）
B「嵐山あらしやまや清滝きよたきの辺あたりが好きで、しょっちゅう行っていました。」

二　例と同じ「〜(ら)れる」の使い方を次の文1〜8から選びなさい。

【例】山田先生は車を買われました。

1　わたくしは九時までしかいられませんでしたが、皆さん遅くまで残られたようです。

2　お客さんに朝早くから来られて、まだ仕事には全然手をつけていません。

3　「遅くなって申し訳ありません。だいぶ待たれたでしょうね。何時ごろ来られましたか。」「いいえ、わたくしもほんの少し前にまいったばかりです。」

4　先生が卒業式に歌われた歌を今でもよく覚えております。

5　この歌は戦時中士気を高めるためによく歌われました。

6　きのうは隣の人に明けがたまで騒がれてよく寝られませんでした。

7　「毎晩何時ごろ休まれますか。」「最近少し疲れぎみなので、なるべく早く休むようにしております。」

8　きょうは秘書に急に休まれて、仕事がはかどりませんでした。

三　次の尊敬語の「〜れる／られる」をほかの尊敬語で表現しなさい。

1　先生に経歴を尋ねられて、とっさには答えられませんでした。しかし、わたくしが今の道を選ぶに至ったいきさつを申し上げていくと、先生はハッとしたような表情をされて、わたくしの選んだ道の必然性を悟られたようでした。その後先生はわたくしに対して非常に親切にしてくださって、いろいろな事柄について少しずつ心を開いてくださいました。わたくしが最後に伺(うかが)ったときには、すでにがんにかかって苦しんでおられました。それでも学者としてのきぜんとした態度は、最後まで保持されて、業績は大学でも高く評価されていました。

2 竹内氏は、ブラジル、ハワイなどにおいて、日本文化を教授するかたわら、海外における日系人の文化的融合(ゆうごう)について研究しておられる学者である。長期間にわたって二世三世の生活を種々の観点から比較してこられた。その調査結果は、ハワイ大学から出版された『日本人論』の中に示されているが、そこで次のような注目すべき発言をしておられる。

まとめの練習

一 最も適当だと思うものを一つ選びなさい。

1 (他会社の部長に) 山田社長によろしく { a おっしゃってくれませんか　b 伝えてくれませんか　c お伝えくださいませんか }。

2 先生は今日四時まで研究室に { a おるとおっしゃいました　b いるとおっしゃいました　c いらっしゃると言いました }。

3 (部下が課長に) 部長はこの点においてもう少し工夫が必要であると { a 申しました　b おっしゃいました　c 言いました }。

4　番号札を{a お取りになって / b お取りして}{a お待ちしてください / b お待ちください}。

5　後ろの方は{a もっとお急いでください / b もう少しお急ぎになってください}。

6　「おいしいケーキを買ってきましたので、{a いただきませんか / b 召し上がりませんか}。」「そうですか。では{a いただきます / b 召し上がります}。」

7　（客に）書留にして{a お送りになった / b お送りになられた / c お送りした}ほうが安全です。

8　生（なま）ものですからお早めに{a お召（め）し上がりになってください / b 召（め）し上がってください / c 食べられてください}。

9　田中課長は小さいころお父様を亡（な）くされて、{a 苦労されたそうです / b ご苦労されたそうです / c 苦労いたしたそうです}。

10　{a 全商品お求めやすい / b 全商品お求めになりやすい}お値段になっております。

11 原田教授が来月京都に｛a おいでになる／b まいられる｝ので、両親のところに泊（と）まっていただこうと思っております。

12 受付「失礼ですが、｛a 田口さんでございますか／b 田口さんでいらっしゃいますか｝。」
田口「｛a ええ、田口ですが……／b うん、田口だが……｝。」

13 （デパートの店員が客に）受付の｛a 人／b 方／c もの｝に｛a 伺（うかが）って／b お尋（たず）ねになって｝みてください。

14 お一人でもお気軽に｛a ご参加できます／b ご参加になれます｝。

15 松戸（まつど）の坂口様、｛a いらっしゃいましたら／b おりましたら／c おられましたら｝受付までお越（こ）しください。

16 私は焼きそばにいたしますが、課長は何に｛a いたしますか／b なさいますか｝。

17 （先生に）｛a 先生が紹介（しょうかい）してくれたので／b 先生がご紹介（しょうかい）してくださったので／c 先生がご紹介（しょうかい）くださったので｝、すぐお目にかかれました。

18　失礼ですが、どちらから｛a まいりましたか／b まいられましたか／c いらっしゃいましたか｝。

19　（部下が課長に）部長はもうこの書類を｛a ご覧になったと存じます／b ご覧したと存じます／c 見たと存じます｝。

20　（受付が客に）ただ今課長が｛a まいりますので／b いらっしゃいますので｝、｛a そちらにおかけになって／b そちらにおかけして｝お待ちください。

二　文のバランスを考えて、（　）の語を普通体か、丁寧体か、丁寧体の敬語にしなさい。

1　「田中君、今度の休みに釣りに（行こう）よ。」「うん、たくさんワカサギを釣って（やろう）。」
（　　　　）（　　　　）

2　「田中さん、今度の休みに釣りに行こうと（思う）んですが、一緒に（行く）か。」「いいですね。山田さんと一緒だったら、たくさん釣れる（だろう）。」
（　　　　）（　　　　）（　　　　）

3　教師Ａ「校長先生は受賞者がどなたかもう（知っている）でしょうか。」（　　　　）
教師Ｂ「ええ、（知っている）と思います。」（　　　　）
教師Ａ「では、伺ってみましょう。」

4　「あっ、あの人どっかで見たことある。だれだか（知っている）？」「ううん、会ったこと（ない）。」

（　　　　）（　　　　）

5　社長「分からないところは部長に聞いておいたか。」

社員「ええ、先ほど部長が（教えてくれた）。」

6　先生「宿題、だれかに聞きましたか。」

学生「ええ、分からないところは兄が（教えてくれた）。（　　　　）

7　けさほど中川様が（来て）、これを（置いていってくれた）。（　　　　）（　　　　）

8　きょう中川が（来て）これを（置いていった）よ。（　　　　）（　　　　）

第四章 謙（けん）譲（じょう）語（ご）

〔一〕 敬語動詞（★一章三の〔二〕参照）

A 敬語動詞(1)

a いる → おる
～ている → ～ておる

(1) （電話で知人と）「明日はご在宅でしょうか。」「午前中はおりますが、午後はおりません。」

(2) （来客と）「お宅の皆様（みなさま）お変わりなくお過ごしでいらっしゃいますか。」「おかげさまでみんな元気に暮（く）らしております。」

b する → いたす

(1) （知人と）「このような練習は毎日なさるんですか。」「はい、雨さえ降らなければ毎日いたします。」

(2) 取引に当たっては、特に法を遵守（じゅんしゅ）するよう指導いたしております。

c 思う → 存じる

(1) 過分のお言葉をいただきまして、たいへん光栄に存じます。
(2) これからも世界の動向にたえず注目していこうと存じます。
(3) 仕事のほうはこれからますますおもしろくなっていくものと存じます。

d　食べる　↓　いただく

(1) (来客と)「コーヒー召し上がりませんか。」「ありがとうございます。いただきます。」
(2) (知人と)「ご病人はどんなものを召し上がるんですか。」「ただいまのところ、流動食をいただいております。」

練習問題〔一〕のA

一　次の文の傍線部の普通の言い方は何か。

1　ただいま父は家におりません。(　　　)
2　課長、ご指示のとおりにいたしました。(　　　)
3　大阪へは明朝早く出発しようと存じます。(　　　)
4　「お兄様のお仕事は?」「兄は東京の法律事務所に勤めております。」(　　　)
5　「フルーツは何になさいますか。」「メロンをいただきます。」(　　　)
6　わたしはずっとここにおりますから、ご安心ください。(　　　)
7　これはかなり困難な仕事だと存じますが、お一人でなさるおつもりですか。(　　　)(　　　)
8　皆様のご協力に対し、深く感謝いたします。(　　　)
9　少しお休み下さい。今度はわたくしが代わっていたします。(　　　)

10　きのうはそのレストランでドイツ料理をいただきました。（　　）

11　せっかくおいでくださいましたのに、何のお構いもいたしませんで失礼いたしました。（　　）

12　「お母様はどうなさったんですか。」「母は疲れが出たらしく、ただいま、休んでおります。」（　　）

二（　）の語を謙譲語にしなさい。

1　「つまらないことをお聞かせして、すみませんでした。」「いいえ、たいへん有益なお話で、わたくしどもも参考にしたいと（思います）。」（　　）

2　「妹さんは何かおけいこをしていらっしゃるんですか。」「ええ、ハープのけいこに（通っています）。」（　　）

3　（違う課の人と）「これ、山田課長からのおみやげですが、一つ召し上がりませんか。」「ありがとうございます、でも、もう先ほど（食べました）ので。」（　　）

4　「もしもし、三共の大橋ですが、販売部の宮田さん、お願いしたいんですが……。」「宮田はただいま席を（外しています）ので、戻りましたらこちらからお電話（します）。」（　　）（　　）

5　主人「ちょっと銀行へ行ってくるよ。」お手伝いさん「今日は第三土曜日で、お休みかと（思います）が。」（　　）主人「そうだったね。うっかりしていた。」

6　「もしもし、駅前の吉野屋さんですか。あの、何曜日がお休みでしょうか。」「毎度ありがと

うございます。当店は年中無休で（営業しています）。」（　　）

7 「この番組の今年の計画についてお話しくださいませんか。」「これからは、各地の博物館や美術館に所蔵されている各時代の名作を順次（紹介します）。」（　　）

8 「先日の手紙でお知らせした点は、もう改良されていますか。」「はい、ご指摘の点につきましては、特に留意して製作することに（しました）。」（　　）

9 「お父様はもうお仕事にお出掛けですか。」「父は先ほど自室で手紙を（書いていました）が……。」（　　）

10 「いいフランスのワインがありますが、お飲みになりますか。」「いいえ、もうじゅうぶん（飲みました）。」（　　）

11 「お父様は学校の先生をしていらっしゃったそうですね。」「ええ、以前ある高校の教員を（していました）。」（　　）

12 「文学作品を読むには、どんな注意が必要でしょうか。」「そうですね、一言で申しますと、熟読して味わうことだと（思います）。」（　　）

B

敬語動詞(2)

a 行く、来る → まいる、（目上の人のところへ）上がる、伺う

～ていく、～てくる → ～てまいる、（目上の人のところへ）～て上がる、～て伺う

訪問する → （目上の人のところへ）上がる、伺う

(1) （知人と）「ヨーロッパ旅行にいらっしゃるんだそうですね。いつお出掛けになるんですか。」「来月早々まいります。」

(2)　(パーティーで)「失礼ですが、お国はどちらですか。」「北欧(ほくおう)です。フィンランドからまいりました。」

(3)　(知人と)「何時ごろ上がればよろしいでしょうか。」「そうですね、二時以降なら家におりますから、何時でもかまいません。」

(4)　(知人と)明後日お暇(ひま)でしたら、ちょっと伺(うかが)いたいと思いますが。」「午前中は渋谷(しぶや)までまいりますが、午後は家におります。」

(5)　母が伺(うかが)うはずでございましたが、急用ができまして伺(うかが)えませんので、わたくしが代わりにまいりました。

(6)　新製品のカタログができてまいりましたので、持って上がりました。

(7)　店の人「ご注文の品は入荷し次第持って伺(うかが)います。」
　　客「そうですか。よろしくお願いします。」

b　言う↓申す、(目上の人に)申し上げる

(1)　(受付で)「山中商事の浜田と申しますが、山下課長はおいででしょうか。」

(2)　部長「わたしはこれから通産省へ行ってくるから、社長がお見えになったらそう申し上げてくれないか。」
　　秘書「かしこまりました。そのように申し上げます。」

c　知る↓存じる、(目上の人を)存じ上げる

(1)　(知人と)「ゆうべその地方で大きな事故があったのをご存じですか。」「はい、存じております。最近は事故が多いですね。」

(2)（知人と）「近くに本屋があるはずなんですが、ご存じですか。」「いいえ、存じません。」

(3)（三共商事について、違う会社の課長同士）「三共商事の太田部長をご存じでしょうか。」「太田部長ならよく存じ上げております。」

練習問題〔一〕のB

一　傍線部の語の普通の言い方は何か。

1　（知人と）「夏休みにはどちらへお出掛けですか。」「今年は一月ほど信州へまいります。」（　）（　）

2　今日は入院中の友人を見舞いに行ってまいりました。（　）

3　「小川と申します。昨日お隣に引っ越してまいりましたので、よろしくお願いいたします。」（　）「こちらこそ、よろしくお願いいたします。」

4　「どなたが新しい役員に選ばれたかご存じですか。」「あいにく、私も欠席してしまったので、まだ存じません。」（　）（　）

5　平野（女）「来月の同窓会にはいらっしゃる？」（　）
後輩「はい、まいるつもりです。平野さんはどうなさいますか。」（　）（　）
平野「もちろん、まいりますわ。楽しみにしているんですもの。」（　）

6　（会社の取引先の人と）「本日はお礼かたがたご報告に上がりました。」「お暑いところ、ご足労をおかけして恐縮です。」（　）

7　そのようなことを課長に申し上げた記憶(きおく)はございません。（　　）

8　「今度、沢田商事の社長になられた方はわたくしもよく存じ上げているので、ご紹介いたしましょうか。」「そうしてくだされば、まことにありがたいんですが……。」

（　　）（　　）（　　）（　　）

9　(会社の客と)「必要な書類ができてまいりましたのでお届けに伺(うかが)ってもよろしいでしょうか。」「たびたびご面倒(めんどう)をおかけして申し訳ありません。では、お待ちしております。」

（　　）（　　）（　　）（　　）

10　(隣(となり)の人に)「これ主人が北海道で買ってまいりましたの。ほんの少しですが、持ってあがりました。」（　　）（　　）

11　(学生の親同士)「先生のお子さんが交通事故で亡(な)くなられたそうですよ。」「ええ、先生のお嘆(なげ)きは大変なもので、何と申し上げてお慰(なぐさ)めしたらいいか分かりませんでした。」

（　　）（　　）

12　わたくしが存じているかぎりではその計画は取り止めになったということです。（　　）

二（　）に適当な謙譲(けんじょう)語を入れなさい。

1　A「今度の新しい企画についてお父様は何とおっしゃっていましたか。」

B「父はその企画には反対だと（　　　　）。」

A「公(おおやけ)にもその態度をはっきり表明なさるでしょうか。」

B「ええ、そう（　　　　）と思います。」

2　A「当地にはいつごろいらっしゃいましたか。」

B「先月の下旬に（　　　　）。」
A「毎日原稿を書いていらっしゃるんですか。」
B「原稿を書いたり、近くを散歩したり、碁をうったりして、のんびり過ごして
（　　　　）。」
A「ところで、ここの名物は何といってもカニですが、もう召し上がりましたか。」
B「ええ、もう何回も（　　　　）。大好物ですから。」
A「そうですか。いつごろまでいらっしゃるご予定ですか。」
B「来月上旬まで（　　　）ます。」

3
A「現在の税制についてどう思われますか。」
B「サラリーマンばかりに税負担が大きい点をどうにか是正してほしいと
（　　　　）。」
A「諸外国の税制についてご存じですか。」
B「いいえ、（　　　　）。」

三　適当な謙譲語を選んで（　）の語を変えなさい。

A「まいる」か「伺う」を使いなさい。

1　あなたがおいでになればわたくしもその会合に（行きます）。（　　）
2　修理の者をただちにそちらへ（行かせます）ので、そのままお待ちください。（　　）
3　「お差し支えなければ、明日ご相談に（行きたい）のですが、いかがでしょう。」「明日は

少々都合がございまして……。」（　　　）

4　三階まで書類を取りに（行ってきます）。すぐ戻りますから、少々お待ちください。（　　　）

5　「お孫さんたちはどちらからいらっしゃいましたの。」「京都から（来ました）の。毎日大騒ぎで大変ですわ。」（　　　）

6　あちら様のご都合がよろしければ、近日中にお願いに（行こう）と思っております。（　　　）

B　「申す」か「申し上げる」を使いなさい。

1　客「小山と（言います）が、経理課長の花山さんおいででしょうか。」（　　　）
受付「お約束でいらっしゃいますか。少々お待ちください。」

2　皆様方の温かいご支援に対して心からお礼を（言います）。（　　　）

3　〔インタビューアーと〕「最優秀女優賞をお取りになったご感想はいかがですか。」「皆様のおかげです。お世話になった方々に心からお礼を（言います）。」（　　　）

4　ご都合がよろしければ、今夜あたりおいでくださいと父が（言って）おります。

（　　　）

5　祖父は散歩が一番の健康法だとか（言って）、毎日欠かさず散歩を続けておりました。

（　　　）

6　母から先生にくれぐれもよろしく（言う）ようにとのことでございました。（　　　）

C 「存じる」か「存じ上げる」を使いなさい。

1 〔課長が他会社の人と〕「わが社の人事部の新しい部長をご存じですか。」「お名前は（知っています）が……。」（　　）

2 「吉田さんのご主人、来月から単身赴任で福岡へいらっしゃるんですって。ご存じでしたか。」「いいえ、（知りませんでした）。」（　　）

3 〔人事部長と経理部長〕「田川課長をご存じですか。」「ええ、田川課長でしたら以前からつきあいがあり、よく（知っています）。」（　　）

4 「三郎ちゃんのご両親、離婚なさったんですか。」「さあ、よく（知りません）が、そんな噂が流れておりますね。」（　　）

5 川上会長ならわたくしもよく（知っています）。たいへんご立派な方でいらっしゃいます。（　　）

6 「また家賃が上がるようですよ。困りましたね。」「ええ、いつからかは（知りません）が管理費も諸経費の高騰ということで上がるそうです。」（　　）

四 次の語の中から一語選んで適当な形にして、（　　）の中に入れなさい。

まいる　伺う　申す　申し上げる　存ずる　存じ上げる

1 「春のグループ旅行はいらっしゃいますか。」「ええ、なんとか都合をつけて（　　）。」

2 （新入社員AとB）「受付のそばに立っていらっしゃる方はどなたですか。」「山口課長です。大学の先輩ですからよく（　　）。」

3 「お父さんはいつ帰国なさるんですか。」「先週の電話では来月の中旬あたりになるだろうと（　　）。」

4 「今度の土曜日にみんなで先生のお宅へ（　　）と話しているんですが。田口さんもどうですか。」「では、ぜひ私も（　　）たいです。」

5 「この電車は代々木に止まるでしょうか。」「さあ、（　　）。」

6 「こんな日にお出掛けになるのをどうしておとめしなかったんですか。」「何度もおやめくださいと（　　）んですが……。」

7 このたび、東洋貿易に就職が決まりました。その節はいろいろお世話になり、ありがとうございました。一度ご挨拶に（　　）たいと存じますが、いつごろがよろしいでしょうか。〔手紙〕

8 父はわたくし達子供にいつも「若い時の苦労は買ってもせよ」と（　　）たが、父が若い時それを実践したかどうかは（　　）。

C 敬語動詞(3)

a 聞く→（目上の人の話を）伺う、承る、拝聴する

(1) まず、事件発生当時の模様から伺いたいと思います。

(2) ちょっと伺いますが、このご近所に山田さんというお宅がありますでしょうか。

(3) 今度の事件に関して先生のご意見を承りたいと存じます。

(4) 先日その方のお話を拝聴して、深い感銘を受けました。

b 見る → (目上の人のものを) 拝見する

(1) 「どうぞごゆっくりご覧ください。」
「ありがとうございます。では拝見させていただきます。」

c 見せる → (目上の人に) お目にかける、ご覧に入れる

(1) 「このアルバムせんだってお目にかけましたでしょうか。」
「ええ、こちらは拝見しましたが、そちらはまだ拝見しておりません。」

(2) 趣味で世界の硬貨を収集しているんですが、変わったのをご覧に入れましょうか。

d 会う → (目上の人に) お目にかかる

(1) 一度お目にかかってお話ししたいことがあるんですが……。

(2) 今日お目にかかれるとは思っておりませんでした。

e 借りる → (目上の人のものを) 拝借する

(1) この間拝借しました辞書お返しに上がりました。

(2) これちょっと拝借してもよろしいでしょうか。

(3) 先日お願いしました書籍、明日拝借できましたら、たいへん好都合に存じます。

f (分かる、引き受ける) → かしこまる、承知する (練習なし)

(1) そのことなら先日一緒にお話を伺いましたので、よく承知しております。

(2)　客「あのブラウスちょっと見せていただけませんか。」
　店員「かしこまりました。これでございますね。この手の品物はなかなか人気がございまして……。」

(3)　課長「入札の結果がどうなったか、聞いてみてくれないか。」
　部下「かしこまりました。早速調べてみます。」

練習問題〔一〕のC

一　傍線部の普通の言い方は何か。

1　「先日拝借した本いつお返しすれば、よろしいでしょうか。」「いつでもけっこうですよ。」
（　　）

2　こちら様のご意向を承りに上がりました。（　　）

3　六月七日付けのお手紙拝見いたしました。（　　）

4　「以前どこかでお目にかかったことがあるような気がいたしますが……。」「そうでしょうか。お人違いではないでしょうか。」（　　）

5　見苦しいところをお目にかけてたいへん失礼いたしました。」「いいえ、お互いさまでございます。どうぞお気になさいませんように……。」

6　「ちょっと伺いますが、この辺に郵便局はないでしょうか。」「あそこに信号が見えますね。そこを左に行った所にあります。」（　　）

7　実物をご覧に入れたほうがお分かりになりやすいかと存じます。これをご覧ください。

8　（　　）

9　この辞書今お使いでなければ、ちょっと拝借したいんですが。（　　）

10　社長「どうかね、今度の件、君にやってもらおうと思うんだが、やってくれるかね。」
課長「はい、社長のご意向は、部長から承っております。ぜひわたくしにやらせていただきたいと存じます。」（　　）（　　）

11　「小宮さんから伺ったのですが、佐藤さんの奥様が入院していらっしゃるそうでございますよ。」「そうですってね。ふだんお丈夫な方なのに、どうなさったのかしら。いつか折をみて、お見舞に伺いましょうか。」（　　）（　　）

12　「一度お目にかかってご相談したいことがあるんですが……。」「そうですか。わたくしでお役に立つことがありましたら、いつでもお出掛けください。」（　　）

13　「旅先のホテルの売店ですすめられて、宝石を買ったのですが、本物でしょうか。」「さあ、現物を拝見しないことには、何とも申し上げられませんね。」（　　）（　　）

14　「これは、素晴らしいものをお持ちですね。見せていただけませんか。」「いやいや、ご覧に入れるほどのものではございません。」（　　）

15　先生のご講演、ラジオで拝聴いたしました。近い将来講演会などでお話を直接伺えましたら、たいへんありがたいことと存じます。（　　）（　　）

二　次の語を使って（　　）の語を変えなさい。

伺う　拝見する　お目にかける　お目にかかる　拝借する

1　「おもしろそうな本ですね。ちょっと(見ても)よろしいですか。」「ええ、どうぞ。」(　　)

2　「突然で申し訳ありませんが、山田さんに(会える)でしょうか。」「少々お待ちください。問い合わせてみますので。」(　　)

3　たいへん有益なお話を(聞いて)、勉強になりました。(　　)

4　申し訳ありませんが、電話を(借りられる)でしょうか。(　　)

5　〔他の課長が〕先ほど部長から(聞いた)んですが、課長になられたそうで、おめでとうございます。(　　)

6　「先日(借りた)お金ですが、あと一週間ほど待っていただけないでしょうか。」「今日までというのでお貸ししたのに困りますね。」(　　)

7　「社長に設計図を(見せました)か。」「いいえ、もう少し手直ししなければなりませんので、明日にでも(見せます)。」(　　)(　　)

8　田川先生には何度も(会った)ことがあり、よく存じ上げております。(　　)

9　「あっ、大変、計算機を忘れてきてしまったわ。」「中村先輩のをしばらく(借りた)らどうですか。」(　　)

10　ぜひ(見せたい)物がございますので、近いうちにお寄りください。(　　)

三　傍線部の謙譲語の普通の言い方は何か。

1　わたくしも田口さんからそう伺いましたが、信じられないようなお話ですね。(　　)

2　「あした来ていただけますか。」「たいへん申し訳ございませんが、あしたは先約がございまして、伺えないんですが。」(　　)

3 もっと早く伺わなければなりませんでしたのに、ご挨拶が遅れて申し訳ございません。（　　）

4 お帰りになっていらっしゃるとはちっとも存じませんで、失礼いたしました。（　　）

5 「あとどのくらいで終わるかね。」「一時間ぐらいあれば終わると存じます。」（　　）

6 新人類がどんな人種かは新入社員の仕事ぶりからよく存じております。（　　）

7 これ、いただき物ですが、どうぞ召し上がってください。（　　）

8 「遠慮なさらないで、もっと召し上がってくださいな。」「もうじゅうぶんいただきました。」（　　）

D 敬語動詞(4)

a もらう →（目上の人から）いただく、ちょうだいする、賜る

〜てもらう → 〜ていただく

(1) 本日はご旅行先からきれいな絵葉書をいただきまして、ありがとうございました。

(2) 本日はたいへんけっこうなお品をちょうだいいたしましてありがとうございます。

(3) おほめのことばを賜り、ありがたく存じます。

(4) すみませんが、ここにご住所とお名前を書いていただきたいのですが。

(5) 申し訳ありませんが、この表の見方を教えていただけませんか。

b 上げる →（目上の人に）差し上げる

〜てあげる →（目上の人に）〜て差し上げる

(1) 「よろしかったら差し上げましょうか。」「そうですか。それでは一部いただけますか。」

(2) ご希望の方にはパンフレットを差し上げます。
(3) お年寄りに道を聞かれたので、教えて差し上げました。
(4) (父親が子供に) お困りのようだから、荷物を持って差し上げなさい。

c ～(さ)せてもらう → ～(さ)せていただく

(1) 「申し訳ありませんが、今日は少し早めに帰らせていただきたいのですが。」「いいですよ。どうぞ。」「ありがとうございます。それでは失礼させていただきます。」〔手紙〕
(2) 楽しい一時を過ごさせていただき、ありがとうございました。
(3) 先生の研究室にはいろいろ資料がそろっているので、それを利用させていただくつもりでおります。
(4) 「趣味で世界の人形を集めております。」「では、近いうちに、一度拝見させていただけますか。」
(5) せんえつではございますが、皆様を代表して、お祝いの言葉を述べさせていただきます。
(6) 本日休業させていただきます。

練習問題〔一〕のD

一 次の傍線部の普通の言い方は何か。

1 この写真よろしかったら一枚差し上げます。(　　　)
2 この辞書は、誕生日のお祝いに先生からいただいたものです。(　　　)
3 先日はたいへん珍しいものをちょうだいいたしまして、ありがとうございました。

4　せっかくでございますから、おことばに甘えまして遠慮(えんりょ)なくちょうだいいたします。（　　）

5　プードルの子犬差し上げます。ご希望の方は239の5511犬井までご一報ください。（　　）

6　父がぜひ差し上げたいものがあると申しております。（　　）

7　まことに勝手ではございますが、折り返しお返事をいただきとうございます。（　　）

8　病気のお見舞(みまい)に花束(はなたば)でも差し上げようと思っております。（　　）

二（　）の語を謙譲語(けんじょうご)にしなさい。

1　本状をお持ちの方に粗品(そしな)を（上げます）。（　　）

2　この本は入学祝いに高校の先生から（もらいました）。（　　）

3　回答を寄せられた方の中から抽選(ちゅうせん)により十名様に記念品を（上げます）。（　　）

4　申し訳ありませんが、今月の末までにご返事を（もらいたいんです）。（　　）

5　深夜は特別料金を（もらう）ことになっています。（　　）

6　申し訳ありませんが、ちょっと（見てもらえません）か。（　　）

7　申し訳ありませんが、窓を（閉めてもらえません）か。（　　）

8　入院中は医師・看護婦(かんごふ)の指示に（従ってもらいます）。（　　）

9　（分かってさえもらえた）ら、それでいいです。（　　）

10　そこのところがよく分かりませんから、もう一度（説明してもらえないでしょう）か。

11 近道はちょっと分かりにくいので、駅まで（送ってあげなさい）。（　　　　　　）

12 スポーツ好き（ず）の皆様（みなさま）にテニスを（楽しんでもらう）ための基本的な技術の指導をいたします。（　　　　　　）

三 次の文の傍線部（ぼうせんぶ）の普通（ふつう）の言い方は何か。

【例】 読ませていただいてもいいですか。→（読んで）

1 こちらでしばらく待たせていただいてもよろしいでしょうか。（　　　　　　）

2 ちょっとここに自転車を置かせていただきたいのですが、よろしいでしょうか。（　　　　　　）

3 来週の木曜日に社内を見学させていただけましたら、たいへんありがたいのですが。（　　　　　　）

4 まことに申し訳ございませんが、今回は出場を辞退させていただきます。（　　　　　　）

5 お差し支え（さつか）なければお手伝いさせていただきたいのですが。（　　　　　　）

6 ただいまのお話はわたくしの将来を左右する大きな問題ですから、しばらく考えさせていただきたいのですが。（　　　　　　）

7 この問題については以前から興味を持っておりましたので、ぜひともわたくしにやらせていただきたいのですが。（　　　　　　）

8　ご指名がございましたので、せん越ではございますが、乾杯の音頭を取らせていただきます。

（　　　）

四　（　）の語を「～(さ)せて～ください／いただきます／いただけないでしょうか」のどれかを使って書き換えなさい。

1　よその家の庭に入ったボールを取りに行く

すみません、ボールを（取る）。（　　　）

2　会社で休暇を取る

お願いがあるんですが、一週間休みを（取る）。（　　　）

3　年賀欠礼のはがき

喪中につき年賀を（欠礼する）。（　　　）

4　いつもの時間より早く帰る

申し訳ありませんが、今日はこれで（失礼する）。（　　　）

5　食堂車からの車内放送

これをもって本日の営業をすべて（終了する）。（　　　）

6　叔父への手紙

叔父様からいただいた辞書毎日（使っている）。おかげさまでたいへん重宝しております。

（　　　）

7　研修先の人へ

おかげさまで、いろいろ（勉強した）。（　　　）

8　ワープロを使う

申し訳ありませんが、（使う）。（　　　）

五　（　）の語を謙譲語に変えなさい。

1　「もしもし、小山でございますが、お母さまおいでになりますか。」「あの、今ちょっと（出掛けています）が、すぐ（帰ってきます）。」「それでは、また後ほどお電話（します）。」

（　　）（　　）（　　）

2　「おもしろい物を（見せましょう）か。」「何でしょう。ぜひ見せてください。」（　　　）

3　先生からその話を（聞けば聞くほど）、内容が深いことが（分かってきました）。

（　　）（　　）

4　「最近の作品集を（上げます）。どうぞご覧ください。」「これは素晴らしい本を（もらって）ありがとうございます。早速（見せてもらいます）。」

（　　）（　　）（　　）

5　国からタケノコを（送ってきました）ので、少しですが（持って行きたい）のですが、今からよろしいでしょうか。（　　）（　　）

6　昨年は時々野村先生に（会って）、先生の独特な歴史観を（聞きました）。

（　　）（　　）

7　（親しくない課員と）わたくしも課長の奥さまには何度か（会った）ことがあるので、よく（知っています）。（　　）（　　）

8　そのことはこのあいだの会合で（聞いた）ので、（分かっています）。

9　（　　）（　　）
中国の奥地(おくち)で珍(めずら)しい写真を（とってきました）。今夜はそれをぜひとも（見せたい）んですが。（　　）（　　）

10　直接ご本人にその件に関して（聞いて）みたところ、ご本人はご存じないようでした。
（　　）

11　先ほど皆様(みなさま)に（言った）ことは、この本に詳(くわ)しく書いてございますので、どうぞ、ご覧(らん)ください。（　　）

12　ただいまわたくしどもが直面しているさまざまな問題について、都知事のお話を（聞きたい）と思います。（　　）

13　すみませんが、これを（借りることができます）か。（　　）

14　いつか子供たちにもどんな事情で仕事をやめたかはっきり（言う）つもりで（います）。
（　　）（　　）

〔二〕

オ・ゴを動詞の連用形、名詞につける形（★一章五の〔二〕参照）

1　お（ご）～する／いたす

(1) 農村の生活で実際に経験したことをお話ししてみたいと思います。

(2) ごぶさたしております。お変わりございませんか。

(3) 「重そうですね。お持ちしましょうか。」「どうもありがとうございます。」

(4) 出発時間が一時間繰(く)り下げられましたので、皆様(みなさま)にその旨(むね)ご連絡(れんらく)いたしました。

2 お（ご）～申し上げる

(1) 営業の田村でございます。よろしくお願い申し上げます。

(2) 今日はだいぶお疲れのようですから、伺うのはご遠慮申し上げたほうがいいんじゃないかと思いますが……。

(4) 被災者の方々には心からお見舞申し上げるとともに、一日も早く正常な生活に戻れますようご祈念申し上げます。

3 お（ご）～いただく

(1) ちょっとお待ちいただければ、すぐお直しいたします。

(2) 以上の説明で大体の事情はお分かりいただけたのではないかと思います。

(3) 興味をお持ちの方は奮ってご参加いただきたいと思います。

(4) 自然環境を保護するための運動にご賛同いただければ幸いに存じます。

4 お（ご）～願う

(1) 間違いはないと思いますが、念のためお調べ願います。

(2) 異常を発見された方は直ちにお知らせ願います。

(3) 明朝午前七時から午前十時まで、電気工事のため停電しますから、ご注意願います。

(4) 数量に限りがありますので、売り切れの節はご容赦願います。

5 その他の謙譲表現（練習なし）

a お（ご）～にあずかる

(1) 本日は先生のお宅へお招きにあずかりました。
(2) お褒めにあずかり恐縮です。
(3) 毎度お引き立てにあずかりまして、ありがとうございます。
(4) 本日はご招待にあずかり、ありがとうございます。

b　お（ご）～を仰ぐ

(1) 事件の処理についてご指示を仰ぎたいと存じます。
(2) この問題に関し、いろいろとご教示を仰ぎたく、よろしくお願い申し上げます。
(3) これを達成するには、皆様方の温かいご援助を仰がなければなりません。
(4) 師の教えを仰いだ者の中から、優れた学者が多数輩出した。

c　お（ご）～を賜る

(1) 毎度ご愛顧を賜りましてありがとうございます。
(2) 開会式に際して、天皇陛下よりおことばを賜りました。
(3) 長らくご指導を賜った山本教授の最終講義が明後日行われることになりました。
(4) このたびはご高著を賜り、たいへんありがたく、厚くお礼を申し上げます。

d　お（ご）～を差し上げる

(1) 後ほどお電話を差し上げようと思っておりました。
(2) お手紙をいただきながら、長いことお返事も差し上げず、たいへん失礼いたしました。
(3) この人を捜しています。情報を寄せられた方にはお礼を差し上げます。

練習問題〔二〕

一　（　）の語を「お（ご）～する／いたす」を使って、書き換えなさい。

1　部長にはその時の模様をありのままに（話しました）。（　　　）

2　わたくしども一同皆様のおいでを（待っています）。（　　　）

3　新しい情報が入り次第（知らせます）。（　　　）

4　「ほかには適任の方はないので、ぜひお願いしたいんですが。」「そんなにおっしゃるんなら、（引き受けましょう）。」（　　　）

5　当社の係員がお客様を会場まで（案内します）。（　　　）

6　「傘を（貸しましょう）か。」「ありがとうございます。でもすぐやみそうですから。」（　　　）

7　日ごろは何かとご迷惑ばかり（かけて）申し訳ありません。（　　　）

8　「賃上げ交渉の経過をお話しいただきたいんですが。」「そのことにつきましては、わたくしの口からは（答えかねます）。」（　　　）

9　今、手が空きましたので、なんなら（手伝いましょう）か。（　　　）

10　抽選によりお客様をハワイ旅行に（招待します）。（　　　）

11　山下さんからのお話、わたくしにはちょっと無理だと思われますので、（断ろう）と思っています。（　　　）

12　もっと早く（知らせなければ）なりませんでしたのに、こんなに遅くなってしまい、申し訳

ございません。深く（わびます）。（　　　）（　　　）

二　例と同じ「申し上げる」の使い方のものを1～6から選びなさい。

【例】a　ようこそおいでくださいました。お待ち申し上げておりました。
　　b　先生にはそう申し上げました。

1　事件の概略（がいりゃく）は申し上げましたが、あまりよくお分かりにならないようでした。
2　その後お変わりなくお過ごしでしょうか。お伺（うかが）い申し上げます。
3　ちょっとご相談申し上げたいことがあるのですが、……。
4　わたくしどもからのお願いは一応申し上げておきましたが、聞き入れてくださるかどうかはまだ分かりません。
5　旅行計画が一部変更（へんこう）になりましたので、ご連絡（れんらく）申し上げます。
6　このたびの仕事はわたくしにとりましてはまったく新しい分野のことですので、どうか厳しくご指導くださいますようお願い申し上げます。

三（　）の語が謙譲（けんじょう）表現になる場合には変えなさい。

1　a「先生はすぐいらっしゃいましたか。」「いいえ、一時間も（待っていました）が、いらっしゃいませんでした。」（　　　）
　b　もう二十分も（待っている）んですよ。本当にバスはあてになりませんね。
（　　　）

2 a わたくしには分かりかねますので、祖父を（呼んで）まいりましょうか。（　　）
b 「歓迎会には部長も（呼んで）楽しくやりましょうよ。」「いいですね。ではすぐお話ししてみましょう。」（　　）
3 a ラジオのニュースでまた三原山が噴火したと（聞きました）。どうなるんでしょうね。（　　）
b 先生から山下さんの近況を（聞きました）。（　　）
4 a 武田課長の書かれた調査報告を（見ました）が、その徹底したやり方には感心させられました。（　　）
b 「武田課長から切符をいただいたので、きのうは歌舞伎を（見ました）。」「課長はいらっしゃれなかったんですか。」（　　）
5 a こんな珍しい切手、吉田君に（見せた）ら喜ぶわよ。（　　）
b こんな珍しい切手、吉田課長に（見せた）らお喜びになるでしょうね。（　　）

四 （　）の語を「お（ご）～いただく」か「お（ご）～願う」を使って変えなさい。

1 いろいろとご親切に（教えてもらいまして）ありがとうございました。（　　）
2 これまでのお話でほぼ（了承してもらえた）ものと思います。（　　）
3 ご近所にこうしたことでお困りの方がおいででしたら、（知らせてください）。（　　）
4 この数年間（指導してもらった）ことに心から感謝申し上げます。（　　）
5 ご使用済みの容器は、なるべく早く（返してください）。（　　）

6　今夜十時より明朝五時まで、水道工事のため断水しますから、（注意してください）。（　　）

7　注意すべき事柄をいろいろ（指摘してもらいまして）、たいへん参考になりました。（　　）

8　役員の方は本日午後三時半に会議室に（集まってください）。（　　）

9　そのことも併せて（考慮してもらえれば）、たいへん好都合に存じます。（　　）

10　特価品につき返品は（容赦してください）。（　　）

11　節電と節水に（協力してください）。（　　）

12　京都見物のおりには、名所旧跡をいろいろ（案内してもらいまして）、おかげさまでたいへん楽しい旅行ができました。（　　）

まとめの練習

一　最も自然で適当だと思われるものを一つ選びなさい。

1　先生には何度もそう｛a 申しました／b 申し上げました｝が、先生は頑として｛a お聞き入れになり／b 聞き入れ／c お聞きし｝ませんでした。

2　A「明日お宅へ｛a まいっても／b 伺って｝も｛a よろしい／b けっこう｝でしょうか。」

B「ええ、どうぞ{a 伺ってください / b いらっしゃってください / c まいってください}。」

3　一流デザイナーによる新作発表会には私も{a まいります / b おいでになります / c 伺います}ので、田中さんも{a まいりませんか / b おいでになりませんか / c 伺いませんか}。」

4　その映画は課長が{a 見て / b 拝見して / c ご覧になって}おもしろかったと{a 申された / b おっしゃっていた}ので、私も{a 見て / b 拝見して / c ご覧になって}みましたが、私にはどうもそのおもしろさが分かりませんでした。

5　きのう新宿で川田先生にばったり{a お目にかかりました / b お目にかけました}。先生はたいへん{a お元気 / b 元気}そうで、あしたから京都へ{a まいる / b 行く / c いらっしゃる}と{a 申していました / b おっしゃっていました}。

6　このお皿は主人が二十年も前に大学時代の恩師に{a もらった / b くださった / c ちょうだいした}もので、とても大事にして{a おります / b いらっしゃいます}。

7　A「今日は何時ごろまで事務所に{a おります / b おられます / c おいでになります}か。」

B「そうですね。六時ごろまで{a おります / b おられます / c おいでになります}。」

8　校長先生はまだその事件について何も{a お知りでなかった / b ご存じなかった / c 存じていなかった}ので、わたくしが概略(がいりゃく)を{a お話しいたしました / b 話して差し上げました / c お話しになりました}。

9　この部屋を三十分ほど{a お使いしたいんですが / b 使わせていただきたいんですが / c 使わせていただきます}かまいませんでしょうか。

10 荷物を{a お持ちしましょうか / b 持って差し上げましょうか}。

11 (二十年ぶりのクラス会で)

A「あの方はどなただったでしょうか。{a 存じられますか / b 存じ上げていますか / c ご存じですか}。」

B「さあ、わたしは{a 存じ上げません / b 存じません / c ご存じしません}が、田中さんは{a 存じられる / b 存じ上げている / c ご存じ}かもしれません。」

12 A「社長は今晩{a 帰っていらっしゃる / b お帰りになって来る}んですか。」

B「ええ、六時ごろ成田に{a 着かれる / b 着く}と{a 存じます / b 存じ上げます}。」

13 (あまり親しくない研究生AとB)

A「きのう図書館で{a 読んだ / b お読みになった / c 読んでいらっしゃった}本、今{a お持ちします / b お持ちです / c お持ちになります}か。」

B「ああ、あれは田川先生から{a お借りした / b お借りになった / c お借りの}本で、もう{a お返しになりました / b 返しました / c お返ししました}。」

14 お客様が{a お見えになられた / b 見えた / c 見られた}ら、どちらに{a お通ししましょうか / b お通しになりましょうか / c お通ししましょうか}。

二（　）を謙譲語（けんじょうご）か尊敬語にしなさい。

1〔課長が部下に〕山一（やまいち）証券の山田さんが（来た）ら、これを（渡しなさい）。
（　　　）（　　　）

2〔母親が子供に〕田中先生のお宅に行くんだったら、これを（上げて）。（　　　）

3〔沢田先生とほかの教師〕「山田先生が（行く）んだったら、きっと水田先生も（行く）と（思います）。沢田先生はどう（します）か。」「では、わたくしも（行きましょう）。」
（　　　）（　　　）（　　　）（　　　）（　　　）

4〔ゼミの先生と学生〕
先生「川田さんのお父様は、コンピューター関係の会社に（勤めている）ので、分からないことがあったら、（聞いた）らいいでしょう。」（　　　）（　　　）

学生「はい、では、そう（します）。」（　　）

5 事務員「わたくしが（します）から、（しない）でけっこうです。」（　　）（　　）
先生「そうですか。では、お願いします。」

6 〔友人の親に〕「駅で年配の方が（困っている）ようだったので、（手伝ってあげた）らお礼にこれを（くれました）。（　　）（　　）（　　）

7 〔社員が課長に〕部長から結果を（聞いた）ら、すぐに（知らせます）。
（　　）（　　）

8 〔先輩社員と後輩社員〕「会議の時間は変わったのか。」「さあ、部長は何も（言わなかった）ので、時間が変更になったかどうか（知りません）。」（　　）（　　）

第五章　総合問題

一　次の会話を読んで人間関係、敬語の使い方、場（どのような状況（じょうきょう）か）について考えなさい。

1 a
A「先生は、七月からヨーロッパへいらっしゃるそうですね。」
B「ええ、まずパリの学会に出てから、いろいろ回ってくるつもりです。」
C「いつごろ帰っていらっしゃるんですか。」
B「今のところ、八月中旬（ちゅうじゅん）には戻（もど）ってくる予定です。」

b
A「先生は、七月からヨーロッパへいらっしゃるそうですね。」
B「ええ、まずパリの学会に出て、それからいろいろ回ってまいるつもりです。」
C「いつごろ帰っていらっしゃるんですか。」
B「今のところ、八月中旬（ちゅうじゅん）には戻（もど）ってくる予定にしております。」

c
A「坂本先生は、七月からヨーロッパへ行くんですって。」
B「いいなあ。いつごろ帰ってくるのかな。」
A「八月中旬（ちゅうじゅん）って言ってたけど。」

d
A「坂本先生は、七月からヨーロッパへいらっしゃるそうですよ。」
B「そうですか。いつごろ帰っていらっしゃるんでしょうか。」

A「八月中旬(ちゅうじゅん)には戻(もど)るとおっしゃっていました。」
B「あ、坂本先生がいらっしゃいますよ。ご予定など伺(うかが)ってみましょうか。」

2
A「さっき、課長が君のこと捜(さが)してたよ。」
B「うん、何か聞きたいことがあるって。」
C「何かしら。」
B「ほら、課長が来たよ。」
D「ああ、ここにいたのか。」
C「何か、お聞きになりたいことがあるそうですが、何でしょうか。」

二　次の内容を「目上の人」に言う表現にしなさい。不適当な表現は変えなさい。

1　金曜日にパーティーをしますが、来たいですか。
（　　　）

2　(田中さんに) さっき田中さんのお父さんを車で飛行場まで送ってあげました。
（　　　）

3　風邪(かぜ)で頭痛がするので、休みます。
（　　　）

4　スキーができますか。
（　　　）

5 （山本教授に）田辺教授はその論文を読みたがっています。
（　　　　　　　　　　　　　　　　　　　　　　　）
6 用事があるので、早く帰りたいんです。
（　　　　　　　　　　　　　　　　　　　　　　　）
7 今日の新聞を読みたいですか。
（　　　　　　　　　　　　　　　　　　　　　　　）
8 都合のいい日を言ってください。
（　　　　　　　　　　　　　　　　　　　　　　　）
9 （他の課長に）山下課長はその資料がほしいそうです。
（　　　　　　　　　　　　　　　　　　　　　　　）
10 手紙を直してください。
（　　　　　　　　　　　　　　　　　　　　　　　）

三 男性が次のことを、［a 部下の川口　b あまり親しくない同僚の川口　c 上司の川口部長］に言うとしたら、どう言うか。

1 元気か。
a（　　　　　　）b（　　　　　　）
c（　　　　　　）

2 だれから聞いたのか。

a（　　　　）b（　　　　）
c（　　　　）

3　ちょっと待ってくれ。
a（　　　　）b（　　　　）
c（　　　　）

4　田中さんに会ったか。
a（　　　　）b（　　　　）
c（　　　　）

5　これはあなたの本か。
a（　　　　）b（　　　　）
c（　　　　）

6　なかなか上手（じょうず）だね。
a（　　　　）b（　　　　）
c（　　　　）

7　いつ出発するか。
a（　　　　）b（　　　　）
c（　　　　）

8　仕事はもう済んだか。
a（　　　　）b（　　　　）
c（　　　　）

9　手紙が来ているよ。

a（　　　　　　　　）　b（　　　　　　　　）

c（　　　　　　　　）

10　これは今日しなくてもいいんだね。

a（　　　　　　　　）　b（　　　　　　　　）

c（　　　　　　　　）

11　本社の川田部長を知っているか。

a（　　　　　　　　）　b（　　　　　　　　）

c（　　　　　　　　）

12　今度の休みにはどこへ行くのか。

a（　　　　　　　　）　b（　　　　　　　　）

c（　　　　　　　　）

13　今日の午後とあしたの午後と、どっちが都合がいいか。

a（　　　　　　　　）　b（　　　　　　　　）

c（　　　　　　　　）

四　次のことを、a、b、cそれぞれの場合にどんな表現を用いて言えばいいか。

a　父親（身内の人）のことを「外」の人に言うとき。

b　川口課長（目上の人）のことを目下の人に言うとき。

c 自分の上司、川口課長（「内」の人）のことを他の会社の人に言うとき。

1 あした行く。
a（　　　）b（　　　）
c（　　　）

2 質問に答える。
a（　　　）b（　　　）
c（　　　）

3 決定事項（じこう）を発表する。
a（　　　）b（　　　）
c（　　　）

4 明朝（みょうちょう）出発する。
a（　　　）b（　　　）
c（　　　）

5 あそこで待っている。
a（　　　）b（　　　）
c（　　　）

6 その問題について話す。
a（　　　）b（　　　）
c（　　　）

7　すぐ来るように言った。

a（　　　　　　　　）　b（　　　　　　　　）

c（　　　　　　　　）

8　田川部長に後で会いたいと言っている。

a（　　　　　　　　）　b（　　　　　　　　）

c（　　　　　　　　）

9　ちょっと頼みたいことがあるそうだ。

a（　　　　　　　　）　b（　　　　　　　　）

c（　　　　　　　　）

10　あしたは都合が悪いそうだ。

a（　　　　　　　　）　b（　　　　　　　　）

c（　　　　　　　　）

五　次の場合（1～7）どんな表現を使うか、適当なものを下から選びなさい。全部一度ずつ使いなさい。

1　新聞を届けてくれた新聞屋に（　　）　　a　お先に失礼いたします。

2　同僚と残業して帰るとき（　　）　　b　では、失礼いたします。

3　上司より先に帰るとき（　　）　　c　ご苦労さま。

4　友人と別れるとき（　　）　　d　お疲れさま。

5　会社のお客さんとの電話を切るとき（　）

6　知人に何か依頼したとき（　）

7　会の世話をしてくれた幹事（同等か目下に）に（　）

e　お世話さまでした。

f　じゃ、さようなら。

g　では、よろしくお願いいたします。

六　次の場合、何と言うか。最も自然で適切な表現を一つ選びなさい。

1　知人の家で電話を借りるとき。（　）

a　申し訳ありませんが、電話を借りたいんです。

b　申し訳ありませんが、電話をお借りしてもいいですか。

c　申し訳ありませんが、電話を使わせていただきます。

2　知人を自宅へ招待するとき。（　）

a　よろしかったら、今度の日曜日に来てください。

b　よかったら、今度の日曜日においでください。

c　よろしかったら、今度の日曜日においでくださいませんか。

3　電話で相手の会社への行き方を聞くとき。（　）

a　ちょっと伺いますが、そちらへはどう行けばよろしいでしょうか。

b　もしもし、そちらへはどう行けばよろしいでしょうか。

c ちょっと伺いますが、お宅の会社はどこですか。

4 電話で奥さんにご主人への伝言を頼むとき。（　）

a ブラウンから電話があったと申し上げてください。

b ブラウンから電話があったとおっしゃってください。

c ブラウンから電話があったとお伝え願います。

5 人に道を尋ねるとき。（　）

a ちょっと伺いますが、東急デパートはどこか、ご存じですか。

b ねえ、東急デパートはどこですか。

c すみませんが、東急デパートを知っていますか。

6 朝八時ごろ電話をするとき。（　）

a 朝早くから申し訳ありませんが、山下さんのお宅でしょうか。

b もしもし山下さんですか。

c すみませんが、山下さんのお宅でしょうか。

七 上の文と下の文を結びなさい。全部一度ずつ使いなさい。

A

1 お手数をおかけしますが、（　）

2 実はお願いしたいことがあるんですが、（　）

a 本日は満室でございます。

b 新宿駅へはどう行ったらいいでしょうか。

c 今お話ししてもよろしいでしょうか。

3　ちょっと伺いますが、（　　）　　d　もう一度調べていただけるでしょうか。

4　申し訳ありませんが、

B

1　恐れいりますが（　　）　　a　もう少々お待ちください。

2　よろしかったら、（　　）　　b　用がありましてお伺いできません。

3　まことに残念ですが、（　　）　　c　どうにか上智大学に合格いたしました。

4　おかげさまで（　　）　　d　お友達も連れてパーティーにいらっしゃってください。

C

1　勝手なことを申し上げるようですが（　　）　　a　田中は今週休暇でまいりません。

2　申し訳ありませんが、あいにく（　　）　　b　アメリカへ勉強に行くことにしましたので、十日までやめさせていただきたいんですが……。

3　お差し支えなかったら（　　）　　c　十分ほど手伝っていただけますか。

4　お忙しいところを申し訳ありませんが（　　）　　d　お名前とご住所を教えていただけますか。

D

1　ご迷惑とは思いますが（　　）　　a　その仕事はお断りいたします。

2　もしもし、夜遅く申し訳ありませんが（　）

3　まことに申し上げにくいんですが（　）

4　もうご存じだと思いますが（　）

b　わが社は来月からK社と業務提携を結ぶことになりました。

c　春子さんお願いいたします。

d　お宅の前にしばらく車をとめさせていただいてもよろしいでしょうか。

八　問題七のような適当な前置き表現を（　）に入れなさい。

1（　）、ただ今ほかの電話に出ております。

2（　）、そちらは何時から何時まで開いているのでしょうか。

3（　）、お友達も誘ってお越しください。

4（　）、父も母も元気にしております。

5（　）、今週の土曜日は都合がつきませんので……。

6（　）、後ほど、またお電話いただけますでしょうか。

7（　）、日曜日も書留や速達の受付業務は、やっていますか。

8（　）、この書類にご記入願いたいのですが。

9（　）、書道の先生を紹介していただきたいのです。

10（　）、第二、第三土曜日も、お休みさせていただきます。

九 次の1～8の会話には、［話者A、聞きてB、話題の人（第三者）C］と三人の人が関係している。それぞれがお互（たが）いに何をするか、また分かる場合にはお互（たが）いの関係（目上、同輩（どうはい）、目下、「内」の人間など）を考えなさい。

1 a 田中さんにもよろしくおっしゃってください。
  b 田中さんにもよろしく申し上げてください。

2 a 山口先生が見せたい物があるとおっしゃっていました。
  b 山口先生がお見せしたい物があると言っておりました。

3 a あしたから京都へいらっしゃると本田さんから聞きましたが……。
  b あしたから京都へいらっしゃると本田さんから伺（うかが）いましたが……。

4 a 山下さんに教えていただきなさい。
  b 申し訳ありませんが、山下さんに教えてやってください。

5 a （言う相手に）部長はわたくしからじかに申し上げるように言っておりました。
  b （言う相手に）部長はわたくしからじかに申し上げるように言われました。

6 （先生に）父も先生をよく存じ上げていると申しておりました。

7 「鈴木さんのお父さん、アメリカへ転勤なさるんですって。」「ほんとう。」

8 A 「川本さんがいらっしゃったら、これをお渡（わた）ししてください。」
  B 「はい、かしこまりました。」

一〇　次のことを丁寧に言いたいとき、どう言うか。

1　（隣に住んでいる人に頼む）あしたから一週間ぐらい国に帰る。郵便物をとっておいてもらいたい。何かあったら、この番号に電話をもらいたい。

（　　　　　　　　　　　　　　　　　　　　　　　　　　　）

2　（日本語の先生に頼む）今スピーチの原稿を書いている。来週末までに見てもらいたい。できたら、発音も直してもらいたい。

（　　　　　　　　　　　　　　　　　　　　　　　　　　　）

3　（上司に頼む）来週の水曜日から金曜日までアメリカから友人が来る。一日会社を休みたい。今週は少し遅くまで残業をしてもいい。

（　　　　　　　　　　　　　　　　　　　　　　　　　　　）

4　（商社に頼む）カナダ直輸入の材料でログハウスを建てたい。カタログと定価表をなるべく早く送ってもらいたい。建設地までの運搬費の概算も知らせてもらいたい。

（　　　　　　　　　　　　　　　　　　　　　　　　　　　）

5　（知人に断る）先約がある。パーティーに行けない。

（　　　　　　　　　　　　　　　　　　　　　　　　　　　）

6　（先生に依頼する）専門について早急に聞きたいので山田先生を紹介して欲しい。

（　　　　　　　　　　　　　　　　　　　　　　　　　　　）

7　（知人にあげる）歌舞伎の切符がある。急に用ができて行けなくなった。行けるかどうか聞いて、行けるようだったら上げる。

（　　　　　　　　　　　　　　　　　　　　　　　　　　　）

（　　　　　　）

8　（友人の母親を誘う）上野の桜がきれいだそうだ。花見に行くが、一緒に行くか。

（　　　　　　）

9　（知人に謝る）待たせたことをわびる。家を出るとき電話がかかってきたので、遅れてしまった。

（　　　　　　）

10　（教えてくれるように頼む）コピーの機械の使い方が分からない。すぐコピーをしなければならない。教えて欲しい。

（　　　　　　）

二　受　付

1　（　）の語を必要なら敬語表現にしなさい。

受付「いらっしゃいませ。」

山田「山田と（言います）が、人事部の（川上）に（会いたい）のですが。」

（　　）（　　）（　　）

受付「人事部の（川上）ですね。失礼ですが、（約束）（している）か。」

（　　）（　　）（　　）

山田「いいえ、近くまで（来た）ので、寄ってみたのですけれど……。」（　　）

受付「そう（です）か。では、（ちょっと）（待ってください）。」

（　　）（　　）（　　）（　　）

（電話で）

「山田様と（いう）（人）が（来ています）が……。近くまで（来た）ので（寄った）そうです。……はい、承知いたしました。」

（　　）（　　）（　　）（　　）

（山田へ）

「（今）、（来る）ので（ここ）に（入って）お待ちください。」

（　　）（　　）（　　）（　　）

山田「はい、では待たせて（もらいます）。」（　　）

2　受付で次の場合どう言えばいいか。

a　二時の約束で営業部の佐藤さんに会いにきたとき。

（　　　　　　　　）

b　人事課はどこにあるかを聞きたいとき。

（　　　　　　　　）

c　田中課長に書類を渡したいとき。

（　　　　　　　　）

d　約束はないが、坂田教授に会いたいとき。

（　　　　　　　　）

一三　電　話

1　（　）の語を必要なら敬語表現にしなさい。

a　（友人の家へ電話をかける）

ブラウン「ブラウンと（言います）が、陽子さん（います）か。」
（　　　　）（　　　　）

陽子の母「（今）近所まで買物に（行きました）が……。」
（　　　　）（　　　　）

ブラウン「では、（後で）また（電話します）。」
（　　　　）（　　　　）

陽子の母「申し訳（ありません）。失礼（します）。」
（　　　　）（　　　　）

b　（恩師の家へかける）

山下「竹田先生の（うち）でしょうか。竹田先生（います）か。」
（　　　　）（　　　　）

竹田の妻「はい、失礼ですが、（だれ）でしょうか。」（　　　　）

山下「五年前に（世話）になった山下と（言います）が……。」
（　　　　）（　　　　）

竹田の妻「では（少し）（待ってください）。（今）呼んで（きます）から。」
（　　　　）（　　　　）（　　　　）（　　　　）

竹田　「はい、竹田ですが。」

山下　「山下ですが、ごぶさたして（いる）。（機嫌）（どう）（ですか）。」

（　　　）（　　　）（　　　）（　　　）

c

（ほかの会社へかける）

会社の人　「はい、富田商事（です）。」（　　　）

田山　「こちら、住友銀行の田山と（言います）が、経理部の（山川）お願い（します）。」

（　　　）（　　　）（　　　）（　　　）

会社の人　「はい、経理部の（山川）（です）ね。（少し）（待ってください）。」

（　　　）（　　　）（　　　）（　　　）

山川　「お電話変わりました。山川ですが……。」

田山　「住友銀行の田山ですが、いつもお世話さま（です）。」（　　　）

田中　「人事部のスミスさんお願い（します）。」（　　　）

d

（ほかの会社へかける）

人事部の人　「あいにく（スミス）は出かけて（います）が……。」

（　　　）（　　　）（　　　）

田中　「何時ごろ（帰ります）か。」（　　　）

人事部の人　「七時ごろ戻る予定（です）が……。」（　　　）

田中　「それでは（伝言）をお願いできますでしょうか。」（　　　）

人事部の人　「はい、どうぞ。」

田中　私は田中と（言います）が、（帰った）ら、（電話をしてくれる）よう（伝えてくださ

い）。」（　　）（　　）（　　）

人事部の人「はい、承知（しょうち）（しました）。（言い）伝えます。」
（　　）（　　）

e（会社にいる父親（部長）に電話をかけたい）

北川「北川ですが、父（います）でしょうか。」（　　）

会社の人「はい、（います）が、（今）ほかの電話に出て（います）。どう（しま）しょうか。」
（　　）（　　）（　　）（　　）

北川「では、電話が終わり次第、自宅のほうへ電話するよう（願います）。」
（　　）

会社の人「はい、かしこまりました。」

f（自分の会社の上司にかけたい）

山下「山下ですが、川上部長（います）か。」（　　）

秘書「ああ、山下さん。川上部長はまだ（来ていません）が……。」（　　）

山下「今日は何時ごろ（来ます）か。」（　　）

秘書「さあ、何も（連絡（れんらく））（もらっていない）んですが……。」
（　　）（　　）

山下「（来たら）５６４-３２２１に（電話くれる）ようお願いします。」
（　　）（　　）

2　電話で次の場合どう言えばいいか。

a　伝言を頼(たの)みたいとき。
（　　　）

b　少し遅(おく)れると言(こと)づけたいとき。
（　　　）

c　電話の相手が留守(るす)の場合、相手から電話をしてもらいたいとき。
（　　　）

d　また後で電話するとき。
（　　　）

e　ご両親によろしくと言いたいとき。
（　　　）

f　今席にいないことを知らせるとき。
（　　　）

g　今出かけていることを知らせるとき。
（　　　）

h　相手の名前が分からないとき。
（　　　）

一三 訪問

1 (　)の語を敬語表現になさい。

a (友人の家を訪ねる)

A 「ごめんください。」

Bの母 「あ、沢口さん。ようこそ(来ました)。(上がってください)。」

(　　)(　　)

A 「おじゃま(します)。」(　　)

Bの母 「どうぞ(こっち)へ。どうぞ(かけてください)。」

(　　)(　　)

A 「はい、どうもありがとうございます。」

Bの母 「次郎は(今)すぐ(来ます)ので、(少し)(待ってください)。」

(　　)(　　)(　　)(　　)

A 「はい。」

(Bと話してから)

A 「そろそろ帰るよ。」

B 「また来いよ。今度はもっとゆっくりな。」

A 「うん。」

(帰る時Bの母へ)

A 「そろそろおいとま(します)。」(　　)

Bの母「もう少しゆっくり（していけば）（いい）のに。」（　　）（　　）

A「明日六時の新幹線で京都へ（行きます）ので……。」（　　）

Bの母「そうですか。（旅行）（する）んですか。ではこんど（来る）ときは、もっとゆっくり（して行って）ください。」（　　）（　　）（　　）（　　）（　　）

A「はい、ありがとうございます。またおじゃま（します）。どうもごちそうさまでした。」
（　　）

Bの母「いいえ、何のおかまいも（しません）で……。」（　　）

A「では、失礼（します）。ごめんください。」（　　）

B、Bの母「さようなら。」

b（先生の家を訪ねる）

A「吉川ですが、先生（います）か。」（　　）

先生の妻「ええ、（待って）（いました）。どうぞ（入ってください）。」
（　　）（　　）（　　）

A「失礼（します）。広島へ（行きました）ので、これカキ、少しばかりですが、（食べて）（もらおう）と思いまして……。」（　　）（　　）（　　）（　　）（　　）

先生の妻「それはありがとうございます。（すぐ）今晩（食べます）。」
（　　）（　　）（　　）

先生「広島へ行ったんだって？」

A「ええ、たまには国へも帰らないと……。」

先生「で、（両親）は（元気）でしたか。」（　　）（　　）（　　）

A「ええ、おかげさまで。先生によろしくと（言って）（いました）。」
（　　　　）（　　　　）

2　次の時に何と言うか。

a　客が来たとき主人は。
（　　　　）

b　人の家に入るとき客は。
（　　　　）

c　おみやげを渡すとき客は。
（　　　　）

d　客に食べ物をすすめるとき主人は。
（　　　　）

e　客に足をくずしてもいいと言うとき主人は。
（　　　　）

f　帰ることを告げるとき客は。
（　　　　）

g　帰るとき客は。
（　　　　）

h　客が帰るとき主人は。
（　　　　）

一四　手紙文

［　　］の中に必要なら「お」か「ご」を入れて、（　　）の語を尊敬語か謙譲語か丁寧語にしなさい。

a　（先生への依頼の手紙）

［　　］ぶさたして（います）（　　　　）。だいぶ涼しくなって（きました）（　　　　）が、先生はじめ［　　］家族の（みんな）は（　　　　）［　　］変わりございませんでしょうか。

わたくしも［　　］かげさまで元気に過ごして（います）（　　　　）。クラスを五つ取って（い）（　　　　）、アルバイトもして（います）（　　　　）ので、（とても）（　　　　）忙しいです。でも先生に厳しく指導して（もらった）（　　　　）おかげで、日本語のクラスは楽です。

来年の六月には卒業（します）（　　　　）。その後は、大学院で日米経済関係を研究しようと思って（います）（　　　　）。

そこで、実は［　　］願いなのですが、推薦状を書いて（もらえない）（　　　　）でしょうか。用紙を同封（します）（　　　　）ので、所定の欄に（記入し）（　　　　）、直接大学宛に（送って）（　　　　）ください。［　　］忙しいところ、［　　］手数を（かけて）（　　　　）（すみません）（　　　　）が、よろしく（願います）（　　　　）。

気候の変わり目ですので、［　　］からだを［　　］大切に（して）（　　　　）ください。（おくさん）（　　　）にもよろしく（伝えて）（　　　）ください。

b（友人の家族へのお礼の手紙）

新緑が目にまぶしいころとなりましたが、（みんな）（　　　）［　］元気に［　］過ごしのことと（思います）（　　　）。

早いもので、（こっち）（　　　）に帰ってからもう一か月もたってしまいましたが、お正月、盆踊り、箱根への旅行など、（そっち）（　　　）での生活を懐かしく思い出して（います）（　　　）。日本に着いたばかりで、何も分からなかったわたくしにいろいろ教えて（くれ）（　　　）、ありがとうございました。おかげさまで、楽しく過ごすことができました。それに、日本語も（こっち）（　　　）で褒められるぐらいに上達（しました）（　　　）。

できましたら、（こっち）（　　　）にも遊びに（来て）（　　　）ください。両親も喜ぶと（思います）（　　　）。［　］案内したいところがたくさん（あります）（　　　）。

では、くれぐれも［　］からだを［　］大切に。また［　］会いできる日を楽しみにして（います）（　　　）。［　］礼の手紙が遅くなりましたこと、（許してください）（　　　）。

一五　（　）の語を尊敬語か謙譲語か丁寧語にしなさい。

1

「先生に（a紹介してもらった）お礼にどんな物を（b上げれ）ば（cいい）でしょうか。」「そうですね。先生は盆栽がお好きだから、……。」「ああ、そう言えば、祖父が丹精している盆景の写真を（d見せた）ら（eとても）興味を（f持ちました）。」

a（　　　　）　b（　　　　）　c（　　　　）
d（　　　　）　e（　　　　）　f（　　　　）

2

このたび大阪支社へいらっしゃった川上課長は会社へ来るなり、机の上に山と積まれた書類をすばやく（a見て）、課員に指示を（b与える）。四月に入ったばかりの山本さんは、川上課長の（c言う）ことが分からず、お得意さんに間違った品物を届けたりしてしまう。でも川上課長は明るい山本さんが（d気にいっている）ようで、あまり厳しくは（eとがめない）。

a（　　　　）　b（　　　　）　c（　　　　）
d（　　　　）　e（　　　　）

3

田中先生のお母様はもう八十歳に（aなる）そうです。（b年を取る）とともにますますお元気になるようで、毎朝晩一時間半ほど散歩を（cしている）そうです。わたしも一度先生の（dうち）のそばを通りかかったときに偶然（e会った）ことがあります。それはしっかりとした、軽い足取りで、ちょっと見ると、五、六十代とも思えるほどです。そんな元気なお母様ですが、一人でヨーロッパ旅行に出掛けると（f言い出した）ときには、さすがに先生も（g困っていた）ようです。わたしの母はわたしが社会人になったばかりのときに、（h死んだ）ので何もしてあげられなくて、「孝行したいときに親はなし」の実感をいつも（iかみしめています）。そんなわけで、先生のお母様のはなしを[j]（聞いている）と何とかお母様が[k]（行くことができる）ようにと思ってしまいます。

a（　　　　）　b（　　　　）　c（　　　　）

d（　　　　）　e（　　　　）　f（　　　　）

g（　　　　）　h（　　　　）　i（　　　　）

j（　　　　）　k（　　　　）

語彙索引（動詞）

用語索引

NOTES

NOTES

外国人のための日本語
例文・問題シリーズ10

『敬語』練習問題解答

第二章 丁寧語

〔一〕 1 親しくない(他人)。A性別不明・B女。丁寧語を使った丁寧体。 2 a 親しい友人同士。AB共女。美化語的普通体。 b 親しくない(知人)。AB共性別不明。尊敬語・謙譲語を使った丁寧体。 3 夫婦。A妻・B夫。普通体。 4 BはAの目上の人。A性別不明・B男。Aは敬語を使った丁寧体・Bは普通体。 5 a 親しい友人同士。AB共男の子。普通体。 b BはAの目上の人。A男の子・B女。Aは敬語を使った丁寧体・Bは普通体。 6 a 親しい(家族)。Bは年上。A男の子・B女。A普通体・Bは先生に対して謙譲語を使った普通体。 b BはAの目上の人。A性別不明・B男。Aは尊敬語を使った丁寧体・Bは普通体。 7 a あまり親しくない(知人)。性別不明。丁寧体。 b 親しい友人同士。A男・B性別不明。普通体。 8 a 親しい友人同士。A男・B女。普通体。 b 親しくない(知人)。性別不明。敬語を使った丁寧体。

〔二〕のA 1 このたび 2 どちら、どちら、申し訳ありません、こちら 3 まことに、申し訳ありません、ただいま、後ほど 4 いかほど、よろしい、けっこう 5 たいへん、わたくし、とうてい 6 昨夜 7 少々、早めに、よろしい 8 こちら、そちら、いかが 9 さきほど 10 こちら 11 翌日、翌々日、このたび 12 まことに、申し訳ございませんでした 13 一昨年、昨年 14 どなた、明日、わたくし 15 申し訳ございませんが少々

〔二〕のB・a 1 休みました 2 もうす 3 おります、おります 4 まいりました、おりました 5 求めた 6 いたします 7 亡くなっております 8 もうす、おります 9 まいりました 10 申します 11 まいりました 12 いただく 13 亡くなる 14 申します

〔二〕のB・b 一 1 なつかしいです、です 2 いいです 3 楽しかったです 4 寒いです
二 1 でいらっしゃいます 2 でいらっしゃいます、でございます 3 でいらっしゃいます 4 でいらっしゃいます 5 でございます 6 でございます 7 悪くていらっしゃいます

三　1 おありです　2 おありな　3 ございません　4 ございました　5 おありです　6 おありでした　7 ございます　8 おありではありません

〔三〕

1 娘さん　2 部長の鈴木、森田　3 弊社　4 子供　5 下山さん、下山　6 ご兄弟、兄弟　7 うちのもの　8 ご両親、父、母　9 拙著　10 姉、看護婦　11 拙宅　12 祖父、祖母　13 お母さん、お父さん、春子

〔四〕

一　1・c、d　2・a　3・a　4・c、c　5・b、b　6・c　7・c、d(a)　8・a、d(a)、b　9・b　10・a、a　11・a　12・c、d(c)　13・c　14・a　15・a、a　16・a、a　17・d、d　18・c　19・a　20・c、c　二　1 お、お　2 ご、ご　3 ご　4 お、ご(お)　5 お、ご　6 お、お　7 お、ご　8 お、ご　9 お、お、お　10 ご、お　11 お　12 お、ご　13 ご、お　14 お　15 お、お　16 お、ご　17 ご、ご　18 ご　19 ご　20 お、お

まとめの練習　1 方　2 倒す　3 指示　4 います　5 者　6 課長の田中　7 父、よろしい　8 ございますね　9 分かりません　10 ご覧になった、いかが　11 ご、こちら、少々　12 おじ、教師、家族、ひとり　13 今、用　14 ただいま、ご用

第三章　尊敬語

〔一〕のA　一　1 来て　2 勤めています　3 食べます(飲みます)　4 見たい、言って　5 する　6 います　7 いません　8 です　9 知っているでしょう　10 行って来ました　11 してくれれば　12 知っていた　13 来ました　14 行った　15 手伝ってくれた　16 飲む　17 行く　18 くれます　19 している、して、勤務しています　20 行った　二　1・e　2・f　3・g　4・a　5・h　6・b　7・c　8・d　三　1 いらっしゃる、いらっしゃる、おっしゃった　2 ご存じです　3 召し上がります　4 いらっしゃいます　5 いらっしゃいます　6 なさいます　7 召し上がって、召し上がらない　8 ご覧になりました　9 下さった　10 勤めていらっしゃいます　11 来てくださる　12 でいらっしゃい

ます 13 でいらっしゃいます 14 なさいます

〔一〕のB 一 1 着てください 2 気に入った 3 年を取って 4 死にました 5 気に入る 6 年を取った人 7 気に入った 8 死んで 9 寝ている 10 引きません 11 買う人 二 1・e 2・c 3・f 4・b 5・g 6・d 7・a 三 1 お召しになる、いらっしゃいます 2 お気に召して 3 いらっしゃる、お年を召していらっしゃる 4 お求めになりました 5 お休みになる 6 お亡くなりになった 7 召しません 8 お耳に入った 四 1 おっしゃいますか 2 いらっしゃいますか 3 なさっていらっしゃいますか 4 いらっしゃいますか 5 いらっしゃいますか、いらっしゃいますか 6 勤めていらっしゃいますか 7 おいでになりましたか 8 卒業なさいましたか 五 1 教えていらっしゃる 2 下さった 3 おっしゃっていませんでした 4 ご覧になった 5 くださった 6 お亡くなりになった 7 おっしゃいました 8 いらっしゃっ(た)、なさっ(た) 9 入った 10 ご存じ

〔二〕 一 1 出かけます 2 研究している 3 できる 4 分かり、質問してください 5 乗車して、待ってください 6 済んで、乗ってください 7 疲れているでしょう、入ります 8 上京する、寄ってください 二 1 見てくれた 2 待っています 3 問い合わせてくれる 4 心配する、電話した 5 説明する、知っている人々 6 出掛けます 7 立っている人、います、詰めてください 8 話します 9 出席する人、連絡してください 10 悩んでいる人、試してください 11 気をつけてください 12 案内してくれて 13 推薦してくれた 14 許してください 15 考えています 16 持っていること 三 1 お帰りになります 2 お求めになった 3 お読みになった 4 お話しになる 5 お聞きになった 6 ご出席になる 四 1 一昨日、おたちになりました 2 お召しになりません、ご用心ください 3 そちらに、お待ちください 4 こちら、お知らせください 5 明日、ご出演になる 6 ご出席の方、お納めください 7 おそろいです 8 ご報告にな

ります 9 お勤めです 10 本日、おめでたい、ご招待くださって、まことに 11 ご担当の方、ご意見 12 お読みです 13 お帰りの方、ご利用になった 14 ご出発の方、お並びください 15 さきほど、お尋ねになりました 16 お使いです 17 お出かけになります 18 お探しのもの 19 こちら、ご住所、お書きください 20 お帰りになったら、お伝えください

〔三〕 一 1 休まれる 2 出られた 3 持ち続けられました 4 辞められる 5 言われた 6 休まれた 7 戻られます 8 行かれます 9 されました、働かれた 10 始められた、選ばれた、出られました、行かれました 二 1 残られた 3 待たれた、来られました 4 歌われた 7 休まれます 三 1 されて↓なさって、悟られた↓お悟りになった、苦しんでおられました↓苦しんでいらっしゃいました、保持されて↓保持なさって 2 研究しておられる↓研究していらっしゃる、比較してこられた↓比較していらっしゃった、しておられる↓していらっしゃる

まとめの練習 一 1・c 2・b 3・b 4・a、b 5・b 6・b、a 7・a 8・b 9・a 10・b 11・a 12・b、a 13・c、b 14・b 15・a 16・b 17・c 18・c 19・a 20・a、a 二 1 行こう、やろう 2 思う、行きます、でしょう 3 ご存じ、ご存じ 4 知ってる、ない 5 教えてくださいました 6 教えてくれました 7 いらっしゃって、置いていってくださいました 8 来て、置いていった

第四章 謙譲語

〔一〕のA 一 1 いません 2 しました 3 思います 4 勤めています 5 食べます 6 います 7 思います 8 感謝します 9 代わってします 10 食べました 11 しません 12 寝ています 二 1 存じます 2 通っております 3 いただきました 4 外しております、いたします 5 存じます 6 営業いたしております 7 紹介いたします 8 いたしました 9 書いておりました 10 いただきました 11 しておりました 12 存じます

〔一〕のB　一　1 出掛けます、行きます　2 行って来ました　3 引っ越して来ました、します　4 知っています、知りません　5 行く、行く、します、行きます　6 来ました　7 言った　8 なった人、知っている、紹介しましょう、してくれれば　9 できてきた、行って、いい、います　10 買って来ました、持って来ました　11 死んだ、言って　12 知っている　二　1 申しておりました、いたす　2 まいりました、おります、いただきました、おり　3 存じます、存じません　三　A　1 まいります　2 伺いたい　4 行ってまいります　5 まいりました　6 伺おう　B　1 申します　2 申し上げます　3 申し上げます　4 申して　5 申して　6 申し上げる　C　1 存じ上げています　2 存じませんでした　3 存じています　4 存じません　5 存じ上げています　6 存じません　四　1 まいります　2 存じ上げています　3 申しておりました　4 伺おう、伺い　5 存じません　6 申し上げた　7 伺い　8 申しておりまし(た)、存じません

〔一〕のC　一　1 借りた　2 聞き、来ました　3 見ました　4 会った　5 見せて　6 聞きます　7 見せた　8 借りたい　9 聞いています、思います　10 聞いた、行きましょう　11 会って　12 見ない、言えません　13 見せる　14 聞きました、聞けました　二　1 拝見して　2 お目にかかれる　3 伺って　4 拝借できる　5 伺った　6 拝借した　7 お目にかけました、お目にかけます　8 お目にかかった　9 拝借した　10 お目にかけたい　三　1 聞きました　2 行けない　3 来なければ　4 知りません　5 思います　6 知っています　7 もらい物　8 食べました

〔一〕のD　一　1 上げます　2 もらった　3 もらいまして　4 もらいます　5 上げます　6 上げたい　7 もらいたいです　8 上げよう　二　1 差し上げます　2 いただきました　3 差し上げます　4 いただきたい　5 いただく　6 見ていただけません　7 閉めていただけません　8 従っていただきます　9 分かってさえいただけた　10 説明していただけないでしょ

う　11 送って差し上げなさい　12 楽しんでいただく　**三**　1 待って　2 置きたい　3 見学できたら　4 辞退します　5 手伝いたい　6 考えたい　7 わたしがやりたい　8 取ります　**四**　1 取らせてください　2 取らせていただけないでしょうか　3 欠礼させていただきます　4 失礼させていただけないでしょうか　5 終了させていただきます　6 使わせていただいております　7 勉強させていただきました　8 使わせていただけないでしょうか　**五**　1 出掛けております、帰ってまいります、いたします　2 お目にかけましょう　3 伺えば伺うほど、分かってまいりました　4 差し上げます、いただいて、拝見させていただきます　5 送ってまいりました、持って伺いたい　6 お目にかかって、伺いました　7 お目にかかった、存じ上げております　8 伺った、分かっております　9 とってまいりました、お目にかけたい　10 伺って　11 申し上げた　12 伺いたい　13 拝借できます　14 申す、おります

〔二〕　**一**　1 お話しいたしました　2 お待ちしております　3 お知らせします　4 お引き受けしましょう　5 ご案内いたします　6 お貸ししましょう　7 おかけして　8 お答えしかねます　9 お手伝いしましょう　10 ご招待いたします　11 お断りしよう　12 お知らせしなければ、おわびいたします　**二**　1・b　2・a　3・a　4・b　5・a　6・a　**三**　1・a 待っておりました　2・b お呼びして　3・b 伺いました　4・a 拝見しました　5・b お見せした　**四**　1 お教えいただきまして　2 了承していただけた　3 お知らせ願います　4 ご指導いただきました　5 お返し願います　6 ご注意願います　7 ご指摘いただきまして　8 お集り願います　9 ご考慮いただければ　10 ご容赦願います　11 ご協力願います　12 ご案内していただきまして

まとめの練習　**一**　1・b、a　2・b、a、b　3・a、b　4・c、b、a　5・a、a、b、b　6・c、a　7・c、a　8・b、a　9・b　10・a　11・c、b、c　12・a、a、a　13・c、b、a、c　14・b、c　**二**　1 いらっ

しゃった、お渡ししなさい 2 差し上げて 3 いらっしゃる、いらっしゃる、存じます、なさいます、まいりましょう 4 勤めていらっしゃる、伺った、いたします 5 いたします、なさらない 6 困っていらっしゃる、手伝って差し上げた、くださいました 7 伺った、お知らせいたします 8 おっしゃらなかった、存じません

第五章 総合問題

一 1 a 学生ACと先生Bとの会話。ACはBに尊敬語を使った丁寧体を使用しているのに対し、先生は丁寧体で答えている。改まった場。 b ABCは同等の立場の人。ACが尊敬語で聞いてるのに対して、Bは謙譲語で答えている。改まった場。 c A(女)とB(男)は親しい友人同士。Bは普通体、Aもほぼ普通体で話している。その場に先生がいないので、先生を話題としても尊敬語を使用していない。くだけた場。 d ABはあまり親しくない知人同士。ABとも丁寧体で、先生がその場にいなくても先生に対して尊敬語を使用している。改まった場。 2 Dは課長。ABCは同じ課の職員で、ABは男性。Cは女性。同僚間では普通体で話して、課長についても尊敬語を使用していない。課長が来てからは、Cは尊敬語を使った丁寧体に変えた。Dは普通体。前半はくだけた場、課長が来てからは改まった場になっている。

二 1 金曜日にパーティーをいたしますが、いらっしゃいませんか。 2 さきほどお父さまを車で飛行場までお送りしました。 3 風邪で頭痛がいたしますので休ませていただきたいんですが……。 4 スキーをなさいますか。 5 田辺教授はその論文をお読みになりたいそうです。 6 用事がございますので早めに帰らせていただきたいんですが……。 7 今日の新聞をお読みになりますか。 8 ご都合のよろしい日をおっしゃってください。 9 山下課長はその資料がお入り用だそうです。 10 手紙を直していただけないでしょうか。

三 1 a 元気か。 b お元気ですか。 c お元気でいらっしゃいますか。 2 a だれから聞いたのか。 b どなたから聞いたんですか。 c

どなたからお聞きになったんですか。 3 a ちょっと待ってくれ。 b ちょっと待ってください。 c 少々お待ちください。 4 a 田中さんに会ったか。 b 田中さんに会いましたか。 c 田中さんにお会いになりましたか。 5 a これは川口君の本か。 b これは川口さんの本ですか。 c こちらは川口部長の本でしょうか。 6 a なかなか上手だね。 b なかなか上手ですね。 c お上手でいらっしゃいますね。 7 a いつ出発するか。 b いつ出発しますか。 c いつご出発なさいますか。 8 a 仕事はもう済んだか。 b 仕事はもう済みましたか。 c お仕事はもうお済みですか。 9 a 手紙が来ているよ。 b 手紙が来ていますよ。 c お手紙が来ております。 10 a これは今日しなくてもいいんだね。 b これは今日しなくてもいいんですね。 c こちらは今日しなくてもよろしいんですね。 11 a 本社の川田部長を知っているか。 b 本社の川田部長を知っていますか。 c 本社の川田部長をご存じでしょうか。 12 a 今度の休みにはどこへ行くのか。 b 今度の休みにはどちらへ行くんですか。 c 今度のお休みにはどちらへいらっしゃるんですか。 13 a 今日の午後とあしたの午後と、どっちが都合がいいかね。 b 今日の午後とあしたの午後とどちらが都合がいいですか。 c 今日の午後と明日の午後とどちらがご都合がよろしいでしょうか。

四 1 a 父があしたまいります。 b 川口課長があしたいらっしゃる。 c 課長の川口が明日まいります。 2 a 父が質問にお答えします。 b 川口課長が質問にお答えになる。 c 課長の川口が質問にお答えいたします。 3 a 父が決定事項を発表いたします。 b 川口課長が決定事項を発表なさる。 c 課長の川口が決定事項を発表いたします。 4 a 父は明朝出発いたします。 b 川口課長は明朝出発なさる。 c 課長の川口は明朝出発いたします。 5 a 父があちらで待っております。 b 川口課長があちらで待っていらっしゃる。 c 課長の川口があちらで待っております。 6 a 父がその問題についてお話しします。 b 川口課長がその問題についてお話しになる。 c 課長の川口がその問題についてお話しいたします。 7 a 父がすぐおいでになるように申しました。 b 川口課長がすぐ来るようにおっしゃった。 c 課長の川口がすぐおいでくださるように申しました。 8 a 父が田川部長に後ほどお目にかかりたいと申しております。 b 川口課長が田川部長に後ほどお目にかかりたいとおっしゃっている。 c 課長の川口が田川部長に後ほどお目にかかりたいと申しております。 9 a 父がちょっとお願いしたいことがあるそうです。 b 川口課長がちょっと頼みたいことがあるそうだ。 c 課長の川口が少々お願い申し上げたいことがあるそうでございます。 10 a 父はあしたは都合が悪いそうです。 b 川口課長はあしたはご都合が悪いそうだ。 c 課長の川口は明日は都合が悪いそうでございます。

五 1・c 2・d 3・a 4・f 5・b 6・g 7・e

六 1・b 2・c 3・a 4・c 5・a 6・a

七 A 1・d 2・c 3・b 4・a B 1・a 2・d 3・b 4・c C 1・b 2・a 3・d 4・c D 1・d 2・c 3・a 4・b

八 1 申し訳ございませんが 2 ちょっと伺いますが 3 よろしかったら 4 おかげさまで 5 残念ですが 6 お手数をおかけしますが 7 ちょっと伺いますが 8 恐れ入りますが 9 お願いがあるんですが 10 申し訳ございませんが

九 1 a AはBにC（田中さん）によろしく言うよう頼む。 AはBを目上として、Cより高く扱っている。 b AはBにCによろしく言うよう頼む。 AはCをBより目上として扱っている。 2 a AはBに、C（山口先生）がBに見せたいものがあると言っていたことを伝える。 AはCをBより目上として扱っている。 b AはBに、CがBに見せたいものがあると言っていたことを伝える。 AはCを「内」の人間として下げて、BをCの目上として扱っている。 3 a AはC（本田さん）からBが京都へ行くと聞いた。 AはBを目上として扱って、Cを同輩レベルとしている。 b AはC（本田さん）からBが京都へ行くと聞いた。 AはBもCも目上として扱っている。 4 a AはBに、C（山下さん）に教えてもらうように言う。AはCをBの目上として扱ってい、Bをかなり目下のものとして扱っている。 b AはBに、C（山下さん）に教えるよう頼む。AはCをBの目下として扱っている。 5 a Bにじかに言うように、C（部長）がAに言った。AはCを「内」の人間と考えて、BをA、Cの目上としている。 b Bにじかに言うようにCがAに言った。AはBとCを目上として扱って、BをCの目上としている。 6 AはC（父）がB（先生）を知っていると言っていたことを伝える。AはCを「内」の人間として下げてBを高く扱っている。 7 AはBにC（鈴木さんのお父さん）がアメリカへ転勤することを告げる。AはBを同輩としてCを目上として扱っている。 8 AはBにC（川本さん）にこれを渡すように言う。AはCをA・Bの目上として扱っている。BはAを目上として扱っている。

一〇 1 あしたから一週間ほど国へ帰ります。それでちょっとお願いしたいことがあるんですが、郵便物をとっておいていただけないでしょうか。それから、何かありましたら、こちらにお電話いただきたいんですが……。 2 お願いがあるんですが、今よろしいでしょうか。実はスピーチの原稿を書いております。お忙しいところ申し訳ありませんが、今週末までに見ていただけないでしょうか。もし、できましたら発音も直していただきたいんですが……。 3 お願いがあるんですが、今よろしいでしょうか。来週の水曜日から金曜日までアメリカから友人がまいります。それで会社を一日休ませていただきたいんですが……。そのかわり今週は少し遅くまで残業いたします。 4 カナダ直輸入の材料でログハウスを建てたいんですが、カタログと定価表をなるべく早く送っていただけないでしょうか。それから建設地までの運搬費の概算も、いっしょにお知らせくだされば ありがたいんですが……。 5 せっかくの御招待ですが、その日はあいにく先約がございまして、伺えません。 6 お願いがあるんですが、よろしいでしょうか。実は、早急に調べたいことがございます。お忙しいところ、申し訳ありませんが、ご専門の山田先生をご紹介いただけないでしょうか。 7 歌舞伎の切符があるんですが、急用ができて行けなくなってしまいました。もし、興味がおありでしたら、切符を差し上げますが、いらっしゃいますか。 8 今、上野の桜が見ごろだそうですよ。お花見に行こうと思っているんですが、いっしょにいらっしゃいませんか。 9 長いことお待たせして申し訳ありません。ちょうど出がけに電話がかかってきたりしたものですから、すっかり遅くなってしまいました。 10 申し訳ありませんが、ちょっと教えていただきたいんですが……。早急にコピーしなければならないものがあるんですが、機械の使い方が分からないんです。

二 1 申します、川上さん、お目にかかりたい、川上、お約束、していらっしゃいます、まいりました、でございます、少々、お待ちください、おっしゃる、方、お見えになっています、いらっしゃった、お寄りになった、ただいま、まいります、こちら、お入りになって、いただきます 2 a (○○商事の○○ですが)二時に営業部の佐藤さんとお会いすることになっているんですが……。 b ちょっと伺いますが、人事課はどちらでしょうか。 c 田中課長に書類をお渡ししたいのですが、おいでになりますか。 d 坂田教授はおいでになりますか。お約束はしておりませんが、いらっしゃったら、ちょっとお目にかかりたいんですが……。

三 a 申します、いらっしゃいます、ただいま、まいりました、後ほど、お電話いたします、ございません、いたします b お宅、いらっしゃいます、どなた、お世話、申します、少々、お待ちください、ただいま、まいります、おります、ご機嫌、いかが、でいらっしゃいますか c でございます、申します、山川さん、いたします、山川、でございます、少々、お待ちください、でございます d いたします、スミス、おります、お帰りになります、でございます、ご伝言、申します、お帰りになった、お電話くださる、お伝えください、いたしました、申し e おります、いらっしゃいます、ただいま、いらっしゃいます、いたしま、お願いいたします f いらっしゃいます、お見えになっていません、おいでになります、ご連絡、いただいていない、いらっしゃったら、お電話くださる　2　a　申し訳ありませんが、ご伝言をお願いしたいんですが……。　b　少し遅れますのでそのようにお伝えいただきたいのですが……。　c　お電話をくださるようお伝えください。　d　それでは後ほどまたお電話いたします。　e　ご両親によろしくお伝えください。　f　ただいま、席を外しておりますが……。　g　ただいまちょっと出ておりますが……。　h　失礼ですが、どちらさまでいらっしゃいますか。

一三　1　a　いらっしゃいました、お上がりください、いたします、こちら、おかけください、ただいま、まいります、少々、お待ちください、いたします、していらっしゃれば、よろしい、まいります、ご旅行、なさる、いらっしゃる、していらっしゃって、いたします、いたしません、いたします　b　いらっしゃいます、お待ちして、おりました、お入りください、いたします、まいりました、召しあがって、いただこう、さっそく、いただきます、ご両親、お元気、申して、おりました　2　a　いらっしゃい(ませ)。　b　失礼いたします。　c　これ、つまらないものですが、どうぞ。　d　お口に合わないかもしれませんがどうぞ召し上がってください。　e　どうぞお楽になさってください。　f　ではそろそろ失礼いたします。　g　ごちそうさまでした。失礼いたします。　h　何のおかまいもいたしませんで失礼いたしました。またいらっしゃってください。

一四　1　a　[ご]、おります、まいりました、[ご]、皆様、[お]、[お]、おります、おり、おります、たいへん、いただいた、いたします、おります、[お]、いただけない、いたします、ご記入になり、お送り、[お]、[お]、おかけして、申し訳ございません、お願いいたします、[お]、[お]、なさって、奥様、お伝えください　b　皆様、[お]、[お]、存じます、こちら、そちら、おります、くださり、こちら、いたしました、こちら、いらっしゃって、存じます、[ご]、ございます、[お]、[お]、[お]、おります、[お]、お許しください

一五　1　a　紹介していただいた　b　差し上げれ　c　よろしい　d　お目にかけた　e　たいへん　f　持たれました　2　a　ご覧になって　b　お

与えになる c おっしゃる d お気に召している e とがめられない 3 a なられる b お年を召す c していらっしゃる d お宅 e お目にかかった f 言い出された g 困っていらっしゃった h 亡くなった i かみしめております j 伺っている k いらっしゃれる

著者紹介

平林周祐（ひらばやし・よしすけ）
1947年上智大学文学部独文科卒業。49年同大学文学部大学院修了。現在，上智大学比較文化学部 Japanese Language Institute 講師。

浜由美子（はま・ゆみこ）
1979年ミシガン大学アメリカ研究修士課程修了。現在，上智大学比較文化学部，早稲田大学国際部講師。

外国人のための日本語 例文・問題シリーズ10

敬 語

昭和六十三年一月二十日 印 刷
昭和六十三年一月三十日 初 版

著 者 平林周祐 浜由美子
発行者 荒竹 勉
印刷／製本 中央精版印刷

発行所 荒竹出版株式会社
東京都千代田区神田神保町二—四〇
郵便番号一〇一
電 話 〇三—二六二—〇二〇二
振 替（東京）二—一六七—一八七

ISBN4-87043-210-2 C3081

定価1,500円

NOTES

外国人のための日本語 例文・問題シリーズ10 『敬語』練習問題解答

監修：名柄　迪　　著者：平林周祐・浜由美子

〒101 東京都千代田区神田神保町2-40 ☎03(262)0202 荒竹出版株式会社

敬語

定價:150 元

中華民國七十七年十月初版一刷
中華民國八十七年十月初版三刷
本出版社經行政院新聞局核准登記
登記證字號:局版臺業字 1292 號

發　行　人:黃成業
發　行　所:鴻儒堂出版社
地　　　址:台北市中正區100開封街一段19號二樓
電　　　話:二三一一三八一0・二三一一三八二三
電話傳真機:0二-二三六一二三三四
郵政劃撥:0一五五三00之一號
E-mail :hjt903@ms25.hinet.net